Lisa Stern

Schamlos und sexbesessen

schmutzige erotische Geschichten

Bibliografische Information der Deutschen Nationalbibliothek

Die Deutsche Nationalbibliothek verzeichnet diese Publikation in der Deutschen Nationalbibliografie; detaillierte bibliografische Daten sind im Internet über http://dnb.d-nb.de abrufbar.

Herstellung und Verlag: Books on Demand GmbH, Norderstedt
ISBN-13: 9783839141304

Cover-Foto: Lizenz von Digitalstock.de (N. Doge)

Inhalt

1. Prickelnde Wasserspiele

Eigentlich fing alles ganz harmlos an. Wir saßen eines Sonntagabends auf unserer Couch beim Fernsehen. Es lief Tatort mit Sabines Lieblingsschauspielern Miroslav Nemec und Franz Leitmayr. Der Tatort war diesmal besonders spannend. Sabine zappelte hektisch und nervös auf dem Sofa herum. Es war kurz vor Schluss und immer noch nicht bekannt, wer nun eigentlich der Mörder war.

Ich rutschte ein wenig näher zu Sabine heran, nahm sie in den Arm und gab ihr ein Küsschen auf die Wange. Einen Fuß hatte sie auf der Couch stehen und ihr luftiger kurzer Rock war nach oben gerutscht, sodass ich ihr weißes Baumwollhöschen sehen konnte. Während ich gebannt die letzten Minuten des Films verfolgte, streichelte ich ihre zarten glatten Schenkel. Als meine Hand ihr Höschen berührte, fühlte ich, dass es nass war und fragte erstaunt: „Hey, hast Du eingepullert?"

Doch statt einer Erklärung gab Sabine mir nur eine ungehaltene Antwort: „Lass mich in Ruhe, ich möchte gern den Film zu Ende sehen."

Ich akzeptierte ihre Worte und bis zum Ende des Filmes störte ich sie nicht mehr. Als der Abspann lief, fragte ich noch einmal: „Warum ist Dein Slip so nass?"

„Ach, das hat nichts zu bedeuten. Ich muss mal ganz dringend und wollte nichts von Film verpassen. Das war alles."

„Was hat das mit Deinem nassen Slip zu tun?"

„Oh Mann", erwiderte Sabine genervt. „Ich musste zwischendurch mal etwas Druck ablassen und habe einen kleinen Spritzer ins Höschen gepullert. Sonst hätte ich aufs Klo rennen müssen und vielleicht noch die Auflösung verpasst."

„Hmmm", machte ich nur und staunte. „Druck ablassen."

„Komm, lass uns ins Bett gehen! Ich geh schon mal vor", sagte Sabine schließlich, um der Diskussion ein Ende zu setzen.

Sabine ging ins Bad, ich räumte die leeren Gläser in die Küche und schaltete den Fernseher aus. Dann zog ich mich aus und folgte Sabine. Sie stand bereits nackt vor dem Waschbecken und putzte sich die Zähne. Ich näherte mich ihr voller Vorfreude von hinten, Sonntagabend lassen wir nämlich noch einmal das Wochenende auf unsere ganz besondere Art und Weise ausklingen, umfasste ihre anmutig geschwungenen Hüften und nahm ihre festen schönen Brüste in beide Hände. Ihre spitz aufgestellten Brustwarzen signalisierten mir ihre Lust. Zugleich richtete sich mein Schwanz auf und ich drückte ihn fordernd gegen ihre Pobacken.

Sabine beendete das Zähneputzen, drehte sich um, kauerte sich vor mich und nahm meinen Penis in den Mund. Ich liebe diese Art von Vorspiel, denn Sabine kann mich wunderbar verwöhnen. Sie macht dies stets mit sehr viel Gefühl und nicht der Ansatz eines Zähnchens ist zu spüren. Ich schloss meine Augen und spürte plötzlich Sabines blanke Muschi an meinem Fuß, spürte ihr nasses geöffnetes Geschlecht und ihre geschwollenen Schamlippen. Genüsslich begann ich mit meinem großen Zeh den Eingang zu ihrem Lustzentrum zu erforschen. Ihre Säfte tropften aus ihrer Mitte, als mein Zeh sie zärtlich streichelte.

Auf einmal waren es nicht nur einzelne Tropfen, die aus ihrer Vagina kamen. Aus den Tropfen entwickelte sich zunächst ein kleines Rinnsal und aus dem Rinnsal wurde schnell ein heißer starker Strahl, der auf meinen Fuß traf.

„Was machst Du da?" fragte ich erstaunt. „Pinkelst Du etwa auf meinen Fuß?"

Sabine nahm meinen Schwanz aus dem Mund und fragte scherzhaft: „Nach was fühlt es sich denn an?"

„Bist Du verrückt, doch nicht mitten ins Bad."

„Das war so schön, was Du da eben gemacht hast und ich habe es einfach nicht mehr ausgehalten."

Umgehend zog ich Sabine an den Armen hoch und dirigierte sie auf das Klobecken. Sofort kniete ich mich vor sie und verfolgte, wie ein intensiver Strahl ihre rasierte Muschi verließ. Zum ersten Mal in meinem Leben beobachtete ich bewusst eine Frau beim Urinieren. Es war zwar ungewöhnlich aber sehr erregend.

„Ich dachte, Du wärst längst aufm Klo gewesen. Du musstest doch während des Films schon ganz dringend."

„Ich hab es extra aufgehoben."

„Wie jetzt aufgehoben? Das verstehe ich nicht."

„Naja, wie soll ich sagen?" druckste Sabine herum und wurde verlegen. „Ich fühle eben intensiver, wenn ich mal dringend muss."

Ich schaute ihr verdutzt ins Gesicht. „Jetzt mal im Ernst. Du fühlst da intensiver? Wie soll das denn gehen?"

„Weiß nicht. Ist eben so. Der Druck, der macht die ganze Gegend so empfindlich, dass ich voll abgehe, wenn ich dort berührt werde."

„Und seit wann weißt Du das?"

„Eigentlich erst seit letztem Sonntag. Weißt Du noch? Da hast Du mich auch im Bad genommen und ich war vorher nicht aufm Klo. An diesem Tag habe ich es zum ersten Mal gespürt, dieses Gefühl, dass mich fast zum Wahnsinn treibt. Ich habe lange überlegt, woran es letzten Sonntag gelegen haben könnte, dass ich so viele Orgasmen hintereinander hatte. Aber jetzt weiß ich es."

„Ist ja unglaublich!" sagte ich. „Was es alles gibt. Weißt Du, dass mich das gerade unheimlich angemacht hat, Dir beim pinkeln zuzusehen."

„Kann ich mir gut vorstellen", meinte Sabine verständnisvoll und nahm meinen Schwanz in die Hand. „Dann lass uns doch mal da weiter machen, wo wir eben aufgehört haben."

„Okay, aber im Schlafzimmer", schlug ich vor und nahm sie bei der Hand.

„Warte, ich muss mich nur noch schnell abwischen!"

„Nein, heute mal nicht", sagte ich und zerrte Sabine hektisch hinter mir her ins Schlafzimmer. „Leg Dich aufs Bett! Jetzt bin ich dran."

Sabine legte sich auf den Rücken und ich kniete mich vor sie auf den Fussboden. Ihre leicht gespreizten Beine präsentierten mir ihre feucht schimmernde Spalte, deren Lippen weit geöffnet waren. Sofort kamen mir die eben gesehen Bilder wieder in den Sinn, wie der goldgelbe Strahl zwischen ihren flatternden Schamlippen aus ihr herausschoss und mich geil machte. Langsam näherte ich mich mit meinem Mund ihrer moschusartig duftenden Spalte, leckte ihr mit der Zunge die letzten Tropfen ab und drang ein in ihr offenes Geschlecht.

Gefühlvoll schloss ich meine Lippen um ihre Liebesknospe und die Finger meiner linken Hand drangen ein in ihren pulsierenden Schoß. Ich spürte, dass Sabine nur darauf wartete, von mir genommen zu werden, sah, wie sie ihre Schenkel immer weiter für mich öffnete und mir flehend ihre lüsterne Muschi präsentierte.

Ich kniete mich nun zwischen ihre weit gespreizten Beine, legte sie über meine Schultern, um tiefer in sie eindringen zu können und gefühlvoll versenkte ich mein pochendes Glied in ihrer feuchten Lust. Langsam bewegte ich mich vor und zurück und beobachtete Sabine, die dankbar mit geschlossenen Augen und halb geöffnetem Mund jeden meiner Stöße mit einem leisen Seufzen quittierte.

Meine Stöße wurden intensiver und Sabine begann zu schwitzen. Ich küsste sie, denn ich wusste, dass sie unmittelbar vor dem Höhepunkt stand. Als ich Sekunden später ihr lautes ekstatisches Schreien vernahm, schoss es gleichzeitig in heißen Stößen aus mir heraus. Bis zum letzten Tropfen verströmte ich mich in ihr. Dann stützte ich mich auf meine Arme, legte meinen Kopf neben den ihren und wartete, bis mein Glied wieder Normalgröße erreicht hatte. Schließlich schliefen wir eng nebeneinander gekuschelt ein und in dieser Nacht träumte ich davon, dass mir Sabine auf meinen Schwanz pinkelte.

Wenige Tage später ging mein Wunsch tatsächlich in Erfüllung. Es war an einem Mittwoch Ende September, wir kamen abends von der Arbeit und weil es tagsüber noch einmal sehr warm war, beschlossen wir, an den Badesee zu fahren, um uns zu erfrischen. Das machen wir öfters, besonders spät abends, wenn es bereits dunkel ist. Dann suchen wir uns ein lauschiges Plätzchen, an dem wir uns nach dem Baden ausgiebig und ungestört lieben können.

Das Wasser war schätzungsweise zwanzig Grad warm und die Luft immerhin noch achtzehn. Deshalb kam uns das Wasser ungewöhnlich warm vor. Nach zehn Minuten Schwimmen trockneten wir uns ab und legten uns auf unsere Handtücher. Wir waren ganz allein an diesem Teil des Strandes und niemand konnte uns sehen. So hofften wir jedenfalls.

Das Nacktbaden im Dunkeln macht mich jedes Mal dermaßen, dass ich es kaum erwarten kann, mit meinem Schwanz in Sabines warme Vagina einzudringen. Ich streichelte ihre Brüste und erkundete die feuchte Mitte ihres Schoßes, die mir verriet, dass auch Sabine sehnsuchtsvoll darauf wartete. Ich legte mich auf den Rücken und Sabine kauerte sich über meine aufrechtstehende Lanze. Langsam senkte sie sich, sodass ich mit meinem Penis tief in sie eindringen konnte.

Irgendwie war Sabine anders als sonst, ständig lächelte sie verschmitzt und ich ahnte, dass sie etwas im Schilde führte. Doch damit, was nun gleich passierte, hatte ich nicht gerechnet. Kurz bevor ich meinen Höhepunkt erreichte, hob Sabine plötzlich ihren Po, mein Schwanz flutschte aus ihrer Spalte heraus und im gleichen Moment vernahm ich einen heißen Strahl, der meinen prallen Schaft traf und ihn wie eine Handbrause massierte.

Ich war total überrascht und sprachlos. Ich konnte nur immer wieder: „Ist das geil … ist das geil", stammeln und genoss die Situation, die ich wie ein Geschenk Sabines auffasste. Es dauerte gar nicht lange und ihr goldener heißer

Strahl machte mich dermaßen an, dass mein Sperma in hohem Bogen aus mir heraus spritzte.

Sofort senkte sich Sabine wieder und den letzten Schwall meines Spermas verströmte ich in ihre Vagina. Sabine war jedoch immer noch nicht fertig und ließ den Rest ihres Wassers auf meinen Bauch laufen.

„Wahnsinn, Wahnsinn …", konnte ich nur immer wiederholen.

„Das habe ich extra für Dich aufgehoben", teilte mir Sabine freudig mit. „War das eine Überraschung?"

„Und was für eine."

Unsere Handtücher waren natürlich pitschnass und muffelten etwas sonderbar. Aber das war uns die ganze Sache Wert. Von nun an hatten wir ein neues Spielchen, wenn wir abends noch einmal Baden gingen. Leider wurde es ein paar Tage später empfindlich kalt und der Herbst begann. Somit müssen wir bis zum nächsten Jahr warten oder wir überlegen uns eine spezielle Variante für zuhause.

Ende November passierte dann noch Folgendes. Ich kam einen Tag früher, gegen 19:00 Uhr abends, von einer Dienstreise zurück und wunderte mich über die beiden fremden Autos vor unserer Haustür. Es waren die Wagen von Sandra und Marie, Sabines beste Freundinnen. Als ich leise die Wohnungstür öffnete, hörte ich kreischende und lachende Stimmen aus dem Bad ertönen, verbunden mit einem verdächtigen Plätschern.

Auf leisen Sohlen schlich ich mich durch den Flur zum Bad und schaute durch das Schlüsselloch. Ich traute meinen Augen nicht. Sabine, Sandra und Marie plantschten alle drei nackt in unserer großen sechseckigen Wanne herum. Vor der Wanne befand sich eine Unmenge von Wasserflaschen und ich hatte bereits so eine leise Ahnung.

Sabine kenne ich ja und ich weiß, wie sie nackt aussieht. Weiß ihre runden prallen Brüste zu schätzen und liebe ihr rasiertes Fötzchen. Doch die beiden anderen habe ich zum ersten Mal nackt gesehen. Ein geiler Anblick. Ich spürte, wie mein Schwanz langsam in meiner Hose immer größer wurde, öffnete den Reißverschluss der Jeans und holte ihn heraus. Dabei verfolgte ich das Geschehen weiter durch das Schlüsselloch.

Kaum ist man mal ein paar Tage nicht zu Hause, schon werden hemmungslose Orgien veranstaltet, dachte ich. Plötzlich fragte Sabine ihre Freundinnen: „Seid ihr soweit?"

Sandra und Marie bejahten nickend und ich wusste zunächst nicht, was Sabine damit meinte. Doch als Sabine sich aus dem Wasser erhob, das rechte Bein auf den Wannenrand stellte und mit beiden Händen ihre Schamlippen auseinanderzog, war mir klar, was nun gleich folgen würde. Ein heller intensiver Strahl sprudelte aus ihrer Mitte. Sandra und Marie kreischten vor Freude.

Gott sei Dank wohnen wir in einem Eigenheim, sodass sich kein genervter Nachbar über den Lärm aufregen kann.

Sandra und Marie knieten sich in die Wanne und spielten mit Sabines hellgelbem Strahl. Marie öffnete sogar ihren Mund versuchte so einen Teil davon aufzufangen und gleich wieder auszuspucken. Da bin ich ja gerade im richtigen Augenblick hier erschienen, dachte ich und bearbeitete noch toller meinen Schwanz.

Nach Sabine war die brünette Sandra mit den langen Haaren an der Reihe. Im Gegensatz zu Sabine, hatte sie kleine Brüste. Dafür waren ihre Brustwarzen verhältnismäßig groß und standen wie kleine geschwollene Höcker ab. Sandra war ein echtes Naturweib und ihr Körper hat mit Sicherheit noch nie eine Rasierklinge gesehen. Sowohl ihre Scham- als auch ihre Achselhaare sprießten üppig. Auch sie stellte ein Bein auf den Wannenrand und spritzte sofort los, indem sie abwechselnd auf Sabine und Marie zielte. Sabine nahm ihre rechte Hand und versuchte Sandras Muschi damit zu verschließen, was ihr natürlich nicht gelang. Ihr Strahl war viel zu stark, stärker als der von Sabine. Stattdessen teilte sich der Strahl mehrfach und spritzte nun in alle Richtungen, auch über den Wannenrand hinaus. Die Frauen lachten und freuten sich und hatten sichtlich eine Menge Spaß. Nun steckte Sabine einen Finger in Sandras Muschi und versuchte damit die ihr Pipi-Loch zu verschließen. Ihr Strahl stoppte und alle lachten. Ein wenig spielte Sabine noch mit Sandras Strahl, indem sie ihr Löchlein abwechseln öffnete und gleich wieder verschloss, bis sie schließlich den Fluten freien Lauf gönnte.

Als letztes war die blonde Marie an der Reihe. Da sie sich auf der gegenüberliegenden Seite der Wanne befand, stellte sie das andere Bein auf den Wannenrand. Marie ist eine sehr hübsche Frau und ich muss zugeben, dass ich ein klein wenig in sie verliebt bin. Ab und zu träume ich sogar von ihr. Sie sieht aus, wie ein Engel, hat langes, lockiges Haar, fantastische halbrunde Brüste mit keck aufgestellten Brustwarzen, eine traumhafte Figur und einen sonnengebräunten Körper. Ganz besonders mag ich jedoch ihre niedlichen Füße mit den blutrot lackierten Nägeln. Gern hätte ich sie in diesem Augenblick in den Mund genommen und ihre Zehen abgeschleckt.

Marie war auch rasiert, nur hatte sie ein kleines niedliches blondes Dreieck auf ihrem Venushügel stehen gelassen, was jedoch durch ihren spärlichen blonden Haarwuchs nicht weiter auffiel. Da hätte sie auch gleich alles abrasieren können. Sie spreizte etwas ihre Beine, aber bei ihr wollte einfach kein Pipi kommen. Sie versuchte sich zu konzentrieren und schloss ihre Augen, doch es half nichts. Auch nicht, als Sabine und Sandra ihr gut zureden wollten. Sabine drehte nun das kalte Wasser auf und es plätscherte in die Wanne. Das half. Erste zaghafte Tröpfchen bahnten sich den Weg und fielen herab. Sabine steckte einen Finger in Maries tropfende Öffnung und versuchte mit schnellen Bewegungen deren Blase zu reizen. Das zeigte schnell Wirkung und ein kurzer aber intensiver Strahl kam aus ihrer Spalte und traf Sabine im Gesicht, die sofort erschrocken aufschrie. Frauen halt.

Die drei Frauen machten mich wahnsinnig und ich konnte meine Erregung nun nicht mehr bändigen. Nervös fingerte ich ein Papiertaschentuch aus meiner Hose, da schoss es auch schon aus mir heraus und ich hatte große Not, alles damit aufzufangen. Nur mit Mühe gelang es mir, dabei keinen Laut von mir zu geben. Aber die drei lärmenden Frauen hätten mich vielleicht gar nicht wahrgenommen.

Im Anschluss an diese geile Vorstellung zog ich mich wieder an, verließ die Wohnung und fuhr ein Stück weg von unserem Haus. Nach einer Stunde rief ich Sabine vom Handy aus an.

„Hallo Schatz, ich habe eine freudige Mitteilung für Dich. Ich komme *heute* schon zurück. Bin in etwa einer Stunde da. Freust Du Dich?"

„Oh, ich … ich", stotterte Sabine. „Ich bin gerade im Bad, beim Putzen. Das musste mal sein. Klar freu ich mich."

„Im Bad?"

„Ja, im Bad"

Nach einer Stunde klingelte ich an der Tür. Die beiden Autos waren bereits wieder verschwunden und Sabine öffnete.

„Hallo Schatz, schön, dass Du schon da bist. Ich freu mich riesig."

„Ich auch, mein Liebling", sagte ich und fragte: "Und wie war Dein Tag heute?"

„Ziemlich feucht, ich meine es hat hier den ganzen Tag geregnet."

Ach ja, dachte ich, dann sind wohl goldene Tropfen vom Himmel herabgefallen.

Sabine weiß bis heute nicht, dass ich sie damals bei den Wasserspielen mit ihren Freundinnen erwischt habe. Und ich weiß auch nicht, was bei meinen zukünftigen Dienstreisen bei ihr so alles abgehen wird. Aber ein Geheimnis muss man ja haben. Eines weiß ich aber sicher: Sabine würde mit keinem Mann fremdgehen.

2. Defloration in Vertretung

Meine Zwillingsschwester Tina gleicht mir, wie ein Ei dem anderen. Doch eigenartigerweise nur vom Aussehen her. Ansonsten sind wir grundverschieden. Ich bin eher der aufgeschlossene und kontaktfreudige Typ, während Tina sehr zurückhaltend und schüchtern ist. Obwohl wir beide jetzt achtzehn Jahre sind, hatte Tina bisher noch keinen Freund und ist immer noch Jungfrau. Während ich meine Unschuld bereits mit fünfzehn Jahren verlor und seitdem meine Freunde nahezu monatlich wechselte.

Außer bei Kevin. Kevin kenne ich nun schon über ein halbes Jahr und ich könnte mir gut vorstellen, mit ihm mein ganzes Leben zu verbringen. Noch nie hatte ich einen so einfühlsamen, ehrlichen und lieben Freund. Er trägt mich regelrecht auf Händen. Nadine, sagt er immer zu mir, seit ich Dich kenne, weiß ich, dass es Engel gibt. Entzückend, nicht?

Jetzt habe ich auch indirekt verraten, dass ich blonde Haare habe. Oder haben Sie schon mal einen brünetten oder schwarzhaarigen Engel gesehen? Locken habe ich zwar keine, doch ich trage, genau, wie Tina, meine Haare etwas länger und immer modisch frisiert.

Auf den ersten Blick kann man Tina und mich so gut wie nicht unterscheiden. Zumal wir beide über der Oberlippe an der gleichen Stelle einen Leberfleck haben, genau wie Peter Maffay. Damit die Leute es einfacher haben, trage ich einen Ohrring auf der rechten Seite und Tina auf der linken Seite. Der Ohrring stellt den Anfangsbuchstabe unserer Vornamen dar. Also ich trage ein „N" und demzufolge Tina ein „T".

Tina tut mir leid. Sie muss auf all das verzichten, was mir so viel Freude bereitet. Ich könnte mir nicht im Entferntesten vorstellen, keinen Sex zu haben. Bereits, wenn ich Kevin mal ein paar Tage nicht sehe, werde ich unkonzentriert, gereizt und zappelig. An diesen Tagen bleibt mir nichts anderes übrig, als mir selbst Entspannung zu verschaffen. Wenn ich in der Uni bin, verziehe ich mich für ein paar Minuten auf die Toilette und mache es mir mit dem Mittelfinger meiner rechten Hand. Zuhause habe ich für derartige Notfälle immer meinen kleinen „Summsi" im Nachtschränkchen liegen. Den nehme ich aber nur, wenn ich allein bin und Tina nichts mitbekommt.

Tina habe ich aber auch schon öfter dabei erwischt, wie sie sich selbst befriedigte. Doch das habe ich bisher immer taktvoll übersehen und mir nichts anmerken lassen. Bis sich vor etwa drei Wochen Folgendes abspielte: Es war schon weit nach Mitternacht. Ich wachte auf, weil ich ein Geräusch hörte und als ich meine Augen öffnete, sah ich einen Schatten an meinem Bett vorbeihuschen.

Ich muss ergänzen, dass ich mir immer noch mit Tina ein Zimmer teilen muss. Das ist, wenn Kevin bei mir zu Besuch, zwar ganz schön doof. Aber Tina ist so nett, räumt nachts freiwillig das Feld und verzieht sich ins Wohnzimmer. Meine Eltern haben nichts dagegen, die sind in dieser Beziehung sehr tolerant. Vielleicht auch deshalb, weil meine Mutter erst achtzehn war, als sie mit uns schwanger ging.

Jedenfalls war es Tinas Schatten, den ich da nachts wahrnahm. Ich tat so, als ob ich schlief und wartete ab, was geschehen würde. Nach wenigen Augenblicken vernahm ich ein leises Brummen. Sofort war mir alles klar. Tina hatte sich heimlich meinen Vibrator „Summsi" aus meinem Nachtschränkchen stibitzt. Sie lag auf dem Rücken und ich hörte sie atmen. Ich lauschte ihr eine Weile zu und als mir meine langjährige Erfahrung zu verstehen gab, dass sie unaufhaltsam ihren feuchten Höhepunkt ansteuerte, stand ich auf und schlich mich an Tinas Bett. Sofort verstummte „Summsi". Ich legte mich zu ihr und flüsterte ihr ins Ohr: „Darf ich Dir behilflich sein?"

Tina muss sehr erschrocken gewesen sein und fühlte sich ertappt. Ich kuschelte mich ganz nah an ihren erhitzten nackten Körper. Mein Kopf lag auf ihrer Brust und meine rechte Hand streichelte zärtlich die Innenseiten ihrer Schenkel.

„Was meinst Du?" fragte sie verdutzt.

„Ich habe da eben etwas Brummen gehört. Das Geräusch kam mir sehr bekannt vor. War das etwa …?"

„Nein, Du musst Dich getäuscht haben", antwortete Tina schnippisch ohne mich ausreden zu lassen.

In der Zwischenzeit war meine Hand bereits an der nassen Spalte meiner Schwester angelangt.

„Und warum ist dann Deine Muschi so nass?" fragte ich.

„Weiß nicht, weil sie eben nass ist", antwortete sie mir genervt.

„Du brauchst Dich nicht rauszureden. Ich bin Deine Schwester, Deine eineiige Zwillingsschwester. Wir haben die gleichen Gene. Ich weiß genau, wie Du fühlst."

Der Mittelfinger meiner rechten Hand umspielte zärtlich ihre Klitoris. Tina schloss ihre Augen. „Lass mich Dich verwöhnen. Ich kann verstehen, wie sehr Du Dich danach sehnst."

Tina genoss nun meine Liebkosungen. Ich schlug die Bettdecke zur Seite, küsste Tina auf die Wange, den Mund und den Hals. Dann wagte ich mich weiter bis zu ihren Brüsten. Ihre Knospen waren hart und ragten auffällig und spitz in die Höhe. Ich küsste sie und knabberte an ihnen. Jetzt lächelte Tina zum ersten Mal.

„Pass auf, was ich jetzt machen werde", sagte ich und platzierte mich so, dass ich ihre Liebesöffnung mit meiner Zunge erreichen konnte. Mit meiner linken Hand streifte ich die kleinen Fältchen über ihrer Klitoris zurück, dann leckte ich zärtlich über ihre kleine erregte Perle. Währenddessen bewegte ich den Daumen meiner rechten Hand langsam zwischen ihren lustvollen Liebeslippen auf und ab.

Tina stöhnte leise und ihr Atem beschleunigte sich. Jetzt war mir klar, dass ich nun nicht mehr aufhören durfte, denn ich hatte sie vor einigen Minuten schon einmal *vor* ihrem Höhepunkt unterbrochen. Noch solch eine abrupte Unterbrechung würde sie mir wohl nicht verzeihen.

„Schön machst Du das, Schwesterherz", lobte mich Tina. „Hör bitte nicht auf!"

Kaum hatte sie diese Worte zu Ende gesprochen, da spürte ich auch schon einen kleinen Spritzer auf meiner Hand. Verbunden mit einem rhythmischen Pulsieren ihrer süßen Spalte. Tina hielt sich das Kopfkissen vor den Mund, um ihr ekstatisches Stöhnen ein wenig zu dämpfen. Sicher fürchtete sie, dass unsere Eltern etwas mitbekommen könnten.

Danach lagen wir noch minutenlang eng aneinander gekuschelt zusammen in Tinas Bett. Wieder tat mir Tina leid, so ganz ohne Freund, so ganz ohne Liebe. Da kam mir plötzlich eine Idee.

„Kannst Du eigentlich Kevin gut leiden?" wollte ich von Tina wissen.

„Ja. Warum fragst Du?"

„Weil, …, weil er Dich entjungfern wird."

In diesem Moment schnellte Tina hoch und saß kerzengerade und putzmunter im Bett.

„Was?" fragte sie wie vom Donner gerührt. „Hast Du gerade was Komisches geträumt, oder was?" Es sah ganz danach aus, als ob sie meine Idee gar nicht gut fand.

„Wieso? Er wird Dich entjungfern. Vielleicht wird das danach Dein Leben verändern."

„Nein, das möchte ich nicht."

„Nein, das möchte ich nicht", äffte ich Tina nach und hielt ihr eine regelrechte Standpauke. „Willst Du etwa als alte Jungfer sterben? Ich weiß doch, wie sehr Du Dich nach einem Schwanz sehnst. Sonst würdest Du mir doch nicht nachts heimlich meinen ‚Summsi' ausborgen. Das ist doch menschlich. Niemand kann auf die Dauer ohne Sex auskommen. Willst Du etwa dreißig sein, wenn Du Deine Unschuld verlierst? Wenn nicht bald etwas passiert, wirst Du ewig Jungfrau bleiben. Und Du weißt, wie sich solche Frauen benehmen. Da brauchst Du Dir nur mal Elke, unsere Nachbarin anzuschauen. Dann bekommst Du nie mehr einen Mann. Möchtest Du einmal so enden? Möchtest Du das wirklich?"

Für einige Sekunden war Funkstille zwischen uns und ich begann mich gerade zu ärgern, dass ich diese absurde Idee mit Kevin hatte.

„Du bist verrückt. Denkst Du, Kevin wird da mitspielen?" fragte Tina nach einer Weile des Nachdenkens. Und es klang so, als ob sie gar nicht mehr so abgeneigt wäre.

„Er wird es gar nicht merken", antwortete ich und schöpfte wieder Hoffnung.

Tina verstand nun überhaupt nichts mehr. „Wie, nichts merken? Willst Du ihn vorher betrunken machen?"

„Quatsch! Pass auf! Gleich morgen wird es passieren. Du weißt doch, dass er mittwochs immer nach dem Training bei mir schläft, weil er donnerstags Schule hat. Du weißt auch, dass er immer erst nach elf Uhr heimkommt. Ich werde morgen schon im Bett liegen, das heißt, *Du* wirst schon im Bett liegen. Alles klar?"

„Und das soll funktionieren? Ich hab Angst, dass er etwas merkt."

„Ach was, Du darfst Dich natürlich nicht so doof anstellen. Ich erzähle Dir noch ganz genau, wie Du Dich verhalten musst."

„Und, wenn er doch etwas merkt?"

„Er wird nichts merken. Wenn er zu Dir ins Bett kommt, wird er Dir einen Kuss geben und Dich in den Arm nehmen. Du sagst, bereits etwas verschlafen ‚Schön, Schatz, dass Du endlich da bist'. Dann wird er ein wenig an Deinen Brüsten fummeln und wenig später wird er sich mit seinem harten Penis auf Dich legen und es Dir besorgen.

Aber keine Angst, Kevin ist sehr zärtlich. Donnerstags nimmt er sich zwar nicht so viel Zeit, von wegen Vorspiel, weil es da schon ziemlich spät ist. Aber das passt schon. Du machst Deine Beine ganz breit und schlingst sie um ihn. Das werden wir morgen Abend aber noch mal üben. Wichtig ist nur, dass Du schon ziemlich feucht bist. Das hat er gern. Das macht ihn geil wie Schmidts Katze."

„Aber ich werde doch sicher bluten. Er wird es merken und uns auf die Schliche kommen. Vielleicht wird er Dir das nie verzeihen und Dich verlassen. Willst Du das aufs Spiel setzen?"

„Daran habe ich schon gedacht. Du bist meine Zwillingsschwester. Wir sind gleich gebaut. Ich habe damals, als ich meine Unschuld verlor, so gut wie gar nicht geblutet und weh tat es auch kaum. Max hat es an diesem Abend gar nicht gemerkt, dass er mich zur Frau gemacht hat. Ich habe es ihm später auch nicht erzählt. Er hätte es auch nicht verdient. Er war ein ziemlich arrogantes Arschloch."

Tina war sich immer noch unsicher. „Ich weiß nicht, und wenn ich schwanger werde?"

„Wie sollst Du denn schwanger werden? Du nimmst doch die Pille."

„Lass uns eine Nacht drüber schlafen und morgen reden wir noch mal drüber", schlug Tina vor.

Meine hartnäckige Überzeugungsarbeit hatte sich schließlich gelohnt. An nächsten Tag war Tina bereit für das große Experiment.

Abends, unsere Eltern hatten sich bereits zur Nachtruhe zurückgezogen, ging ich mit Tina noch einmal alles in allen Einzelheiten durch. Ich war sehr zufrieden mit Tina. Eigentlich dürfte nun nichts mehr schief gehen.

Anschließend nahm ich mein Bettzeug und verzog mich ins Wohnzimmer. Tina war aufgeregt, duschte noch mal, putzte sich ihre Zähne und legte sich in mein Bett. Wenig später hörte ich es an der Tür schließen. Kevin hatte bereits einen Wohnungsschlüssel. Er genoss großes Vertrauen in unserer Familie. Er ging noch mal kurz ins Bad, putzte sich die Zähne und schlich sich hierauf zu Tina ins Zimmer. Was dann geschah, schilderte mir Tina etwa so:

Kevin zog sich aus und legte sich zu ihr. „Guten Abend, mein Liebes!" hauchte er ihr ins Ohr. Dann küsste er sie und streichelt zärtlich ihre Brüste. Es verlief also alles planmäßig, genauso wie wir es uns vorgestellt hatten. Dann wurde es ernst. Er legte sich auf sie und sein erigiertes Glied näherte sich langsam dem Eingang ihrer feuchten Liebesöffnung.

„Du bist aber heute schön nass", freute sich Kevin. „Hast wohl große Sehnsucht nach mir?"

„Ja, Liebling", sagte Tina.

„Wieso *Liebling*? Bin ich nicht mehr Dein Bärchen?"

„Entschuldige!" stammelte Tina. „Da kam gerade so ein doofer Film. Die haben sich ständig mit …"

In diesem Moment stieß Kevin seinen Penis in ihr jungfräuliches williges Geschlecht.

„ … ohhhh, auuuuuu"

„Was hast Du? Tat das etwa weh?"

„Schon gut. Nein, nein." Tina versuchte den kurzen Schmerz geschickt zu überspielen und stammelte. „Es tat nicht weh. Ich wollte nur sagen, dass sich in dem Film alle immer mit ‚Liebling' angesprochen haben. Ich meine natürlich Bärchen."

Kevins Stöße wurden intensiver. Tina spürte jetzt keinen Schmerz mehr. Er verwandelte sich nach und nach in ein köstliches Lustgefühl. Sie fing an zu schwitzen und zum ersten Mal in ihrem Leben spürte sie ein pochendes Glied in ihrer süßen feuchten Schnecke. Dieser Moment wird für sie unvergesslich bleiben. Am liebsten hätte sie in diesem Augenblick die Zeit angehalten, denn sie wünschte sich so sehr, dass er nie zu Ende gehen würde. Sie spürte, wie es in heißen Strömen aus ihr heraus schoss. Doch es war kein Blut, es waren ihre Liebessäfte.

Das Kribbeln in ihrer Vagina war kaum noch auszuhalten. Tina versuchte ihr Stöhnen zu unterbinden. Doch es gelang ihr nur mit Mühe. Nun hielt es Tina nicht mehr länger aus. Ihr Unterleib explodierte förmlich und ihre Beine zuckten unkontrolliert. Zur gleichen Zeit schoss Kevins Sperma in ihr entjungfertes enges Fötzchen. Tina jauchzte glücklich und küsste Kevin. Nun war sie endlich eine Frau geworden.

Als sich beide ein wenig ausgeruht hatten, sagte Kevin: „Irgendwie war es heute anders als sonst."

„Meinst Du? Ich war eben geil auf Dich", antwortete Tina, umarmte Kevin und gab ihm einen Kuss. „Warte! Ich bin gleich wieder zurück."

Dann ging Tina ins Bad. Ich folgte ihr und wir wechselten flüsternd ein paar Worte. Alles hatte optimal geklappt. Die Blutung war kaum zu sehen und es tat auch kaum weh, erzählte sie mir immer wieder. Genau wie vor drei Jahren bei mir. Uns fiel ein Stein vom Herzen. Die Mission war gelungen und ich spürte, wie unendlich glücklich Tina war.

Nach einer Weile ging ich anstelle von Tina zu Kevin. Als ich mich an ihn kuschelte, ihn küsste und ihm eine ‚Gute

Nacht' wünschte fragte er mich: „Wieso kommt eigentlich Tinas Ohrring in Dein Bett?"

Oh, mein Gott, dachte ich. Jetzt ist die Kacke am dampfen. Jetzt fliegt der ganze Schwindel auf. Ich weiß auch nicht mehr, was ich in dieser Situation alles ins Feld führte. Jedenfalls glaubte mir Kevin, dass Tina den Ohrring verloren haben musste, als wir in unserem Zimmer eine kleine Kissenschlacht veranstalteten.

Komisch, ich war überhaupt nicht böse oder eifersüchtig, dass Kevin mit Tina geschlafen hatte. Im Gegenteil, ich war überglücklich, meiner Schwester geholfen zu haben. Irgendwie gehören wir doch zusammen, Tina und ich.

Seit dieser Nacht ist Tina wie umgewandelt. Von Schüchternheit ist überhaupt keine Spur mehr. So, als wenn es nie anders gewesen wäre, tritt sie mit einer Selbstsicherheit auf, dass *ich* sogar noch etwas von ihr lernen kann. Es dauerte auch gar nicht lange, bis Tina einen jungen Mann kennenlernte. Doch nach drei Tagen brachte sie bereits einen anderen mit nach Hause. So geht das bis zum heutigen Tag. Meine Eltern drücken großzügig ein Auge zu. Sie sind froh, dass sich Tina praktisch über Nacht verändert hat. Doch den wahren Grund für ihre Wandlung wissen sie bis heute nicht. Und ich glaube auch nicht, dass sie ihn jemals erfahren werden.

3. Der Leuchtturm von Prerow

Es war unser erster gemeinsamer Urlaub, damals im August in Prerow. Die Adresse der komfortablen Ferienwohnung, unweit des langen Sandstrandes, bekam ich von einer Kollegin. Warum so weit in den Süden fahren, wo wir einen der schönsten Strände Europas fast vor der Haustür haben, dachten wir uns. Vor der Haustür ist zwar etwas übertrieben, aber von Berlin aus ist die Ostsee nur wenige Autostunden entfernt.

Tim und ich wir kannten uns erst seit etwa sechs Wochen. Doch wir hatten gleich von Anfang an den Eindruck, dass wir dufte zusammen passen würden. Tim war verrückt nach mir. Ständig wollte er mit mir kuscheln, wie es das Bumsen immer so goldig umschrieb. Nicht, dass es mir unangenehm war, ganz und gar nicht, im Gegenteil, es war der erste Mann, der mich jedes Mal zum Orgasmus brachte. Peinlich war nur, dass er permanent eine Erektion hatte und man es ihm meist auch ansah. Die Frauen schauten ihm diskret auf die Beule in seiner Hose und lächelten verschämt. Ich war gespannt, wie es wohl in Prerow, wo es hauptsächlich FKK-Strände gibt, werden würde.

Als wir am Strand ankamen, es war noch sehr früh am Morgen, war dieser noch recht leer und man konnte sich einen guten Liegeplatz aussuchen. Wie sagt man so treffend: Der frühe Vogel fängt den Wurm. Nachdem wir unser weißes Bettlaken (wir benutzen im Sand immer ein Laken, macht sich wegen dem feinen Sand besser als eine Decke) ausgebreitet und uns nackt ausgezogen hatten, gingen wir erst einmal ins Wasser. Herrlich diese Wellen. Etwa eine halbe Stunde waren wir im erfrischenden Salzwasser, dann legten wir uns auf unsere Handtücher, die wir auf das Laken gelegt hatten, und ließen unsere unbekleideten Körper vom frischen, aber nicht unangenehmen Seewind trocknen. Das kontinuierliche Rauschen des Meeres und das zarte Flüstern des Windes, der die halb vertrockneten Pflanzen der Dünen bewegte, ließ uns ein wenig Einduseln und von schönen Dingen träumen.

Als ich aufwachte, hatte sich der Strand bereits mächtig gefüllt. Um uns herum lagen hüllenlose Körper. Einige wenige waren lecker anzusehen, sie waren braun gebrannt und knackig. Doch größtenteils entdeckte man den sogenannten Otto-Normal-Verbraucher. Die Männer mit ihren Bierbäuchen und die Frauen mit Hängebrüsten fast bis zum Bauchnabel. Doch sie machten sich nichts daraus. FKK hat hierzulande eine große Tradition. Bereits zu DDR-Zeiten befanden sich an diesem Teil der Ostsee riesige FDGB-Heime für die fleißigen Werktätigen des ersten sozialistischen Staates auf deutschen Boden, wie die offiziellen Regierungsbonzen die DDR immer kurioserweise bezeichneten.

Die salzhaltige Luft verschaffte mir Appetit auf ein Eis. Ich stand auf, Tim schlief noch fest, und trabte durch den Sand zu einem Kiosk. Es war nicht weit, etwa dreihundert Meter. Vorsorglich brachte ich Tim auch ein Eis mit.

Als ich zurück kam, sah ich schon von weitem, dass Tim einen mächtigen Ständer hatte. Er lag auf dem Rücken und schnarchte. Einige der anderen aufmerksamen Badegäste hatten sein erigiertes Glied bereits bemerkt, tuschelten und schmunzelten. Als ich bei Tim angelangt war, warf ich zuallererst mein Handtuch über Tims bestes Stück. Er wachte sofort auf und fragte: „Was ist los? Warum wirfst Du Dein Handtuch auf mich?"

Ich flüsterte leise: „Weil - Du - einen - Ständer - hast."

„Was habe ich?" fragte Tim noch leicht verschlafen.

„Einen Ständer, L a t t e", buchstabierte ich das ominöse Wort.

„Oh!", sagte Tim und wurde hell wach. Er schaute augenblicklich nach unten und erblickte das Zelt, welches mein Handtuch über seinem Penis gebildet hatte. „Und was jetzt?"

„Jetzt musst Du erst einmal eine Weile an etwas anderes denken, etwa an faule Eier, verschimmeltes Brot oder Plumpsklos", schlug ich ihm scherzhaft vor.

„Und Du denkst, das hilft?" fragte Tim und legte sich auf die Seite.

„Wenn Du mich dabei nicht anschaust, bestimmt."

Sie müssen wissen, dass ich für die meisten Männer die absolute Traumfrau verkörpere. Das sagt man mir jedenfalls ab und an. Ich habe lange schwarze lockige Haare, die ich aber am Strand immer hochstecke. Mein Gesicht ist niedlich, fast kindlich und meine Brüste prall und rund. Meine Schamhaare habe ich teilweise abrasiert, nicht ganz, das mag ich nicht. Ich habe ein kleines Dreieck stehen gelassen. Tim gefällt mein kleiner flaumiger Pelz. Er spielt liebend gern mit den dunklen Löckchen. Was er aber überhaupt nicht mag ist, wenn er die kleinen Härchen aus dem Mund puhlen muss. Naja, so ist das nun mal. Das muss ich ja auch immer. Tim würde sich nie unten herum rasieren, schon deshalb nicht, weil er sich anschließend zu Tode jucken würde.

„Das fällt mir schwer, Dich *nicht* anzuschauen. Dann zieh Dir wenigstens ein T-Shirt drüber."

„Okay", ich zog mein T-Shirt an und hoffte, dass Tims Erektion nun umgehend zurückgehen würde. Doch weit gefehlt. Sein pralles Glied schrumpfte nicht einen läppischen Millimeter.

„Mach doch was!" flehte mich Tim an. „Ich kann doch nicht die ganze Zeit auf dem Laken sitzen und Maulaffen feilhalten. Ich will doch auch mal ins Wasser. Doch mit diesem Ständer, das geht *gar nicht*. Ich mache mich doch zum Gespött der Leute."

„Was soll ich denn tun?" fragte ich. „Ich kann Dir doch hier vor den ganzen Leuten keinen blasen."

„Warum nicht? Deckst Dich einfach mit Deinem Handtuch zu."

„Also Tim, wir sind doch hier nicht in einem Porno", entgegnete ich ihm entsetzt.

Tim wirkte gereizt und ungeduldig. „Was machen wir dann? Kannst Du nicht mit Deiner Hand …?"

„Wie soll denn das gehen?"

„Leg Dich mal auf die Seite, so wie ich und schau mich dabei an."

Ich tat was er vorschlug.

„Jetzt nimmst Du Deine Hand und legst sie auf meinen ‚Kleinen' und bewegst sie langsam auf und ab."

Wieder versuchte ich, seinen Wunsch zu erfüllen. Doch wir mussten die Aktion bald abbrechen. Permanent liefen Leute neben uns vorbei. Wir vermuteten, dass sie es absichtlich taten, weil sie mitbekommen hatten, welches Problem wir, Tim, hatten. Meist waren es Männer, die wir als vermeintliche Spanner einstuften.

„Verdammt!", fluchte Tim. „Was soll ich nur tun? Wo man hinschaut, sieht man Brüste, Brüste, Brüste."

„Was soll das denn?" fragte ich entgeistert. „Das kann doch wohl nicht angehen. Wieso schaust Du auf andere Titten? Ich soll mir ein T-Shirt überziehen und der gnädige Herr schaut dann anderen Frauen auf die Möpse. Sieh doch zu, wie Du Deinen Ständer los kriegst. Frag doch mal die Dame gegenüber mit den großen Oggn, ob Du Deinen Schwanz mal darin vergraben kannst. Das ist doch die Höhe. Ich geh solange ins Wasser", sagte ich empört und verschwand schnellen Schrittes in den erfrischenden Fluten der Ostsee.

Im Weggehen hörte ich noch, wie Tim mir hinterherrief: „Warte Sonja, das war doch nicht so gemeint. Ich hab Dich doch lieb."

Klar wusste ich, dass Tim es nicht so meinte. Man sollte jedoch Männer nicht so verwöhnen. Ab und zu brauchen sie das mal. Sonst kriegen sie Höhe und werden arrogant. Tim kann froh sein, solch eine Frau, wie mich zu haben. Das muss man ihm auch mal zu verstehen geben. Ich glaube, das weiß er auch. Vielleicht war meine Reaktion etwas zu unangemessen. Scheiße, jetzt tut es mir schon wieder leid. Naja, Sonja, geh erst mal ins Wasser. Danach entschuldigst Du Dich. Vielleicht ist er in der Zwischenzeit seinen Ständer los geworden.

Als ich zurück kam, lag Tim auf dem Bauch und las in einer Zeitung. Ich kniete mich daneben, streichelte ihn und sagte: „Entschuldige Schatz, war nicht so gemeint. Sei wieder lieb! Komm, gib Kussi!"

Er drehte sich zur Seite und wir gaben uns einen langen Kuss. Plötzlich sagte er: „Scheiße! Gerade war sie weg, die Erektion, jetzt ist sie wieder da. Ich werde noch wahnsinnig."

„Lass uns endlich Nägel mit Köpfen machen!" sagte ich genervt. „Leg Dich auf den Rücken! Los, mach schon!"

Tim legte sich auf den Rücken und ich platzierte mein Handtuch über seinen Ständer und kuschelte mich an seine Brust. Dann schob ich meine linke Hand, die ich zuvor dick mit Sonnenmilch eingecremt hatte, unter das Handtuch und umklammerte sein steifes Glied. Langsam bewegte ich meine Hand auf und ab. Tim schloss die Augen und genoss. Ich weiß nicht, ob die anderen Badegäste etwas mitbekommen haben. Ich glaube, wenn man nicht genau hingesehen hat, fiel unser Liebesspiel gar nicht auf. Merkwürdig war nur, dass sich sämtliche Badegäste, die in unserer Nähe lagen, während der ganzen Aktion nicht vom Fleck rührten. Naja egal. Ich sage mir immer: Alles menschlich. Könnte jedem passieren. Vielleicht ist es auch nur der Neid, Potenzneid. Schönes Wort.

Ich spürte, dass Tims Schwanz immer feuchter wurde. Leise flüsterte er: „Das machst Du gut. Es dauert nicht mehr lange."

Ich lächelte ihn an und sagte: „Ich hab Dich ganz doll lieb."

„Ich Dich auch."

Als ich mich umblickte, sah ich, wie einige Leute zu uns herüber schauten. Ich blickte ihnen einfach in die Augen, dann fühlten sie sich ertappt, fühlten sich als Spanner. Plötzlich war es ihnen peinlich. Somit drehte ich den Spieß kurzerhand um.

Dann war es endlich soweit. Ich hörte, wie Tim sagte: „Jetzt, ich komme."

Plötzlich kniete sich jemand neben uns und reichte uns einen Flyer. Ich erschrak furchtbar. Der junge Mann sagte: „Hallo Ihr, darf ich Euch einladen?"

In diesem Augenblick kam Tim und sein Sperma schoss in hohem Bogen unter dem Handtuch hervor und landete in mehreren Salven auf dem Flyer."

„Oh, sagte der Mann etwas irritiert. „Da habe ich ja scheinbar die Richtigen angesprochen."

Tim bekam sofort einen roten Kopf. Ich glaube, er wäre in diesem Augenblick am liebsten im Erdboden versunken, so peinlich war ihm die Situation.

„Wieso?" fragte ich zurück, ohne mich auch nur ein bisschen zu schämen. „Wozu einladen?"

„In unseren Club."

„Club? Nein danke, wir haben immer noch zu zweit unseren Spaß. Vielleicht mal in ein paar Jahren."

„Das sehe ich. Na gut", sagte der junge Mann, der auf einmal etwas verstört wirkte. „Den Flyer lass ich Euch aber hier. Vielleicht überlegt Ihr es Euch ja noch."

Ich nahm den Flyer. Wischte ihn mit meinem Handtuch trocken. Dann wischte ich auch Tim das Sperma vom Bauch. Sein Schwanz hatte jetzt wieder Normalgröße und wir gingen eine Runde ins Wasser, vorbei an den tuschelnden und schmunzelnden Badegästen und nach kurzer Zeit trafen wir alle diese Spanner in den schäumenden Wellen der Ostsee wieder. Typisch Mensch.

Zumindest an diesem Tag, ich meine nicht die Nacht, ärgerte uns Tims Schwanz nicht mehr. Wir tauften ihn später ‚Leuchtturm von Prerow‘.

4. Der Spanner

Als ich achtzehn wurde, schenkten mir meine Eltern ein Fernrohr. Es war mein sehnlichster Wunsch, denn ich interessiere mich sehr für Astronomie. Mehr, als für Frauen, wie etwa andere Jugendliche in meinem Alter. Ich war eben anders als die Anderen. Ich fand Frauen uninteressant. Jedenfalls bis zu jenem Tag, zwei Monate nach meinem Geburtstag.

Während ich eines Abends am offenen Fenster die Sterne beobachtete, fiel mir ein merkwürdiges Flackern in einem Fenster gegenüber auf. Mit bloßem Auge konnte man den Grund nicht erkennen. So kam ich auf die grandiose Idee, mein Fernrohr auf dieses Fenster zu richten. Wenige Augenblicke später konnte ich den Grund genau erkennen. Im Zimmer brannten mehrere Kerzen. Auf einem großen Futon-Bett lag eine brünette Frau, etwa Mitte oder Ende dreißig. Sie hatte halblange Haare und trug rote Dessous, einen BH und einen Slip. Vor dem Bett stand eine Glasschüssel.

Ein Mann kam herein. Er war viel älter als die Frau, vielleicht über sechzig, aber sehr rüstig. Er zog sich nackt aus und setzte sich auf einen Sessel, der etwa drei Meter vor dem Bett stand. Dann stand die Frau auf, zog ihren Slip aus und kauerte sich über die Glasschüssel. Was ich dann zu sehen bekam, schockierte mich. Die Frau urinierte in die Glasschüssel und der Mann masturbierte dabei. Ich verstand die Welt nicht mehr. Damals wusste ich noch nichts von derartigen sexuellen Vorlieben.

Als die Frau fertig war, stand sie auf und legte sich wieder auf das Bett. Zuvor entledigte sie sich jedoch ihres BHs und hervor kamen schwere pralle Brüste. Der Mann stand auch auf und kniete sich vor die Glasschüssel. Dann senkte er tatsächlich seinen Kopf und tauchte ihn in die Schüssel. Ich ekelte mich fast zu Tode. Mit einem Handtuch trocknete er sich den Mund ab und kniete sich vor das Bett. Die Frau stellte ihre Beine auf und spreizte sie etwas. Ich erkannte ihr pechschwarzes behaartes Dreieck. Nun sah ich, dass der Mann seinen Kopf zwischen ihre Beine platzierte und ihn auf und ab bewegte. Nach wenigen Minuten legte er sich auf das Bett und die Frau setzte sich auf ihn.

In diesem Moment kam mein Vater zur Tür herein und fragte: „Na hast Du heute schon was Interessantes entdecken können?"

„Ja, ja", stotterte ich. „Wieder was Neues. Prima, das Fernrohr."

„Das ist ja schön, dass diesmal die Ausgabe nicht für umsonst war."

Dann setzte er sich auf mein Bett und blätterte in der Beschreibung des Fernrohres. Ich hoffte, dass er bald wieder verschwinden möge und wurde schon ganz ungeduldig. Schließlich fragte er noch: „Darf ich auch mal schauen?"

Ich wurde nervös und stammelte: „Nein, das geht nicht. Ich habe gerade etwas ausprobiert. Ich muss es erst wieder neu justieren. Das dauert noch. Vielleicht morgen. Im Moment siehst Du überhaupt nichts, alles nur verschwommen."

Die Minuten vergingen. Endlich machte mein Vater erste Anzeichen, zu gehen. Er schaute sich noch kurz in meinem

Zimmer um, das macht er manchmal, warum weiß ich auch nicht und ging wieder hinaus, denn von Astronomie verstand er so viel, wie ein Schwein vom Segeln.

Als ich danach mithilfe des Fernrohres wieder in das gegenüberliegende Fenster schauen wollte, war alles dunkel. So richtig konnte ich das Gesehene damals noch nicht einordnen, doch so viel war mir klar: Die Frau und der Mann waren kein Paar.

Am nächsten Abend wartete ich ungeduldig auf das Licht in dem Fenster, doch es blieb alles dunkel. Erst am nächsten Abend, als meine Eltern schon schliefen, flackerte wieder das Licht, wie vor zwei Tagen. Erneut lag die Frau auf dem Futon-Bett, diesmal splitternackt. Die Tür ging auf und herein kam ein Mann um die Vierzig, der sich sofort auszog. Dann nahm er eine Flasche Öl von Tisch, verteilte ein paar Tropfen auf dem Körper der Frau. Meine Erregung stieg. Ich öffnete meine Jeans und zog sie aus. Der Mann stellte sich neben die Frau, nahm nun beide Hände und massierte damit die prallen Brüste der Frau. Ich spürte wie mein Schwanz in meinem Slip an Größe gewann. Ich zog den Slip einfach aus und stand nun nackt hinter dem geschlossenen Fenster. Der Mann beugte sich etwas über die Frau und sie nahm sein steifes Glied in ihren Mund, zusätzlich bearbeitete sie es mit ihrer rechten Hand. Auch meine Hand machte sich an meinem Schwanz zu schaffen.

Immer noch massierte und knetete der Mann die großen Brüste der Frau. Es machte mich wahnsinnig. Gern wäre ich dabei gewesen, gern hätte ich auch diese tollen Titten unter meinen Händen gespürt. Stattdessen masturbierte ich immer schneller meinen Schwanz. Die Frau nahm den

Schaft des Mannes aus dem Mund und massierte ihn mit ihrer Hand. Nach wenigen Augenblicken spritzte sein Sperma auf die Brüste der Frau. Fast gleichzeitig spritze auch ich und ich konnte nicht verhindern, dass ein großer Spritzer meines Spermas die Tapete unter dem Fenster traf. Augenblicklich nahm ich ein Taschentuch und wischte die Wand trocken. Ein kleiner Fleck ist jedoch geblieben. Nachdem ich wieder durch das Fernrohr schaute, war es in der Wohnung gegenüber dunkel. Seit diesem Tag wollte ich die Frau unbedingt einmal näher kennenlernen.

Am nächsten Tag, als ich aus der Uni kam, sah ich die Frau auf der Straße. Erschrocken blickte ich sie an, sie drehte sich zu mir. Unsere Blicke trafen sich und verlegen sagte ich. „Hallo, Guten Tag!" Für einen Augenblick blieb sie verdutzt stehen, grüßte aber auch und ging dann weiter.

Abends beobachtete ich sie dann wieder mit meinem Fernrohr in ihrer Wohnung. Doch diesmal brannten keine Kerzen in ihrem Zimmer und sie war auch nicht nackt. Sie saß vor einem PC und es sah aus, als ob sie große Probleme mit ihm hätte. Immer wieder stand sie auf, kniete sich, zog an den Kabeln, steckte sie um, bootete den PC neu und öffnete nacheinander mehrere Programme. Bis sie schließlich genervt aufgab.

Einen Tag später begegneten wir uns im Supermarkt. Sie lächelte mich an. Ich nahm meinen ganzen Mut zusammen und sprach sie an.

„Komisch, da wohnt man jahrelang gegenüber und sieht sich kaum und auf einmal trifft man sich jeden Tag."

„Ja, komisch", antworte sie. „Und wo wohnen Sie?"

„Genau gegenüber", antwortete ich. „Ich bin aber noch Student, wohne bei meinen Eltern."

„Und was studieren Sie?"

„Informatik."

Die Frau lächelte erleichtert. „Oh, Informatik. Da kennen Sie sich doch bestimmt mit Computern aus?"

„Und ob", sagte ich. „Haben Sie etwa Probleme?" fragte ich in Anspielung auf das gestern beobachtete.

„Ich habe gestern einen DSL-Anschluss bekommen und komme überhaupt nicht klar damit. Könnten Sie mir vielleicht ..."

Auf diese Frage hatte ich gewartet. „Na klar, kann ich Ihnen dabei helfen. Das kriegen wir schon hin. Und wann?"

„Vielleicht, vielleicht sofort."

Damit hatte ich zwar nicht gerechnet, aber wer weiß, ob sich solch eine Gelegenheit noch einmal ergeben hätte.

„Ja, dann gehen wir mal."

Das eigentliche Problem war schnell behoben, sie hatte einfach vergessen den Router zu konfigurieren. Nachdem ich damit fertig war, bedankte Sie sich bei mir und sagte: „Darf ich Ihnen ein Glas Wein anbieten?"

Obwohl ich kein Weintrinker war, sagte ich: „Ja, gern."

Sie holte eine Flasche Rotwein aus der Küche und als wir anstießen sagte sie: „Ich heiße Rosi und Du?"

„Robin."

„Schöner Name. Hast Du eine Freundin, Robin?"

„Nein, im Moment hätte ich auch gar keine Zeit für eine Freundin."

Ich trank den Wein hastig, vielleicht zu hastig. Dabei schaute ich Rosi immer wieder an, schaute ihr nicht nur in ihre schönen blauen Augen, sondern musterte auch ihre Figur. Ihren kapp sitzenden dünnen Pulli unter dem ich keinen BH ausmachen konnte und der ihre schönen Brüste wie eine zweite Haut verhüllte. Ihren kurzen Jeansrock, der immer weiter nach oben zu rutschen schien und unter dem sie keine Strümpfe trug. Ihre nackten wohlgeformten Füße, auf deren Zehennägeln sie roten Nagellack aufgetragen hatte. Je mehr ich sie anschaute, desto mehr fand ich Gefallen an ihr. Es war sonderbar, Rosi war fast zwanzig Jahre älter als ich und ich begann mich plötzlich ein klein wenig in sie zu verlieben. Was war nur mit mir geschehen? Diese Frau hätte gut und gerne meine Mutter sein können.

„Du bist ein junger Mann. Sehnst Du Dich denn nicht manchmal nach einer Frau?" fragte Rosi und während sie diese Worte sagte, nahm sie meine rechte Hand und führte sie ganz langsam an ihre Brust. Ich spürte die harten Knospen und die weiche volle Brust. Was für eine Laune der Natur! Welch erregendes Spiel der Gegensätze! Welcher Mann kann dabei kalt bleiben? Ich jedenfalls konnte es nicht. Meine Hose wurde zusehends straffer. Mir wurde heiß. Ich wusste nicht, wie ich auf Rosis unverhofften Angriff reagieren sollte, war noch zu unerfahren. Plötzlich sagte ich, und ich weiß nicht, ob das richtig war, vielleicht war es auch nur eine Abwehrreaktion: „Ich hab Dich beobachtet."

Rosi erschrak, ließ umgehend meine Hand los. „Wie meinst Du das, beobachtet?"

„Von gegenüber, mit dem Fernrohr."

„Was sagst Du da? Bist Du etwa ein Spanner?"

„Nein, ich bin kein Spanner. Das war reiner Zufall."

„Zufall?" Rosi wurde misstrauisch.

„Meine Eltern schenkten mir ein Fernrohr, weil ich mich für Astronomie interessiere. Ich kenne die meisten Sterne am Himmel. Wirklich, kannst Du mir glauben."

„Und warum schaust Du dann in fremde Wohnungen?"

„Weil da was flackerte. Ich wollte nur nachschauen, ob vielleicht etwas brannte. Dann hätte ich gleich die Feuerwehr gerufen."

„Und hat etwas gebrannt?"

„Ja, es waren Deine Kerzen."

„Was hast Du noch gesehen?"

„Dich, Du lagst auf dem Bett, nackt."

Ich merkte, dass es Rosi unangenehm wurde, darüber zu reden. „Weiter, und was hast Du noch gesehen? Das war doch nicht alles."

„Du bist wunderschön."

„Ja, findest Du? Du findest mich schön?" Rosi fühlte sich geschmeichelt.

„Ja, ich habe noch nie eine so schöne Frau gesehen." Ich weiß nicht, warum ich diesen Satz sagte, ob es an dem Wein lag. Aber eins stand fest, Rosi war für ihr Alter tatsächlich eine sehr attraktive Frau.

Rosi lächelte. „Hast Du schon mal mit einer Frau geschlafen?"

Diese Frage war mir peinlich. Ich bekam einen roten Kopf und zuckte nur mit den Schultern.

„Also nicht?"

Ich nickte.

„Und warum nicht?" fragte Rosi. „Machst Du Dir nichts aus Frauen?"

Wieder zuckte ich nur mit den Schultern.

Rosi rückte ganz nah zu mir heran und nahm mich in den Arm. Dann fasste sie erneut meine rechte Hand und dirigierte sie ganz langsam zwischen ihre Schenkel, die sie leicht öffnete. Plötzlich fühlte ich ihre Schamhaare. Sie drückte meine Hand fest an ihr Lustzentrum. Ich stellte fest, dass sie kein Höschen trug und ertastete ihre feuchten Liebeslippen. Dann nahm Rosi meine Hand wieder weg und führte sie an meine Nase.

„Gefällt Dir das?" fragte sie.

Ich roch an meinen nassen Fingern. Es war ein Duft, den ich noch nicht kannte und der mich irgendwie erregte. Plötzlich spürte ich, wie Rosi meine Hose öffnete und meinen Penis rausholte. Dann zog sie meine Hose aus, auch meinen Slip und nahm meinen Schwanz in den Mund. Ich bat sie es nicht zu tun, weil ich fürchtete, jeden Augenblick zu kommen. Ich glaubte zu träumen. Zum ersten Mal war ich mit einer Frau zusammen. Rosi zog sich auch aus und setzte sie sich auf mein erigiertes pralles Glied. Ich hielt es nicht länger aus und spritzte sofort. Rosi sagte:

„Wie süß. War es Dein erstes Mal?"

Ich nickte.

„Mach Dir nichts draus! Beim nächsten Mal wird es besser. Komm mit, wir legen uns aufs Bett! Dann erholst Du Dich schnell wieder."

Wir gingen in ihr Schlafzimmer und machten es uns auf ihrem großes Doppelbett bequem. Ich vergrub meinen Kopf zwischen Rosis großen Brüsten. Dabei fragte ich sie: „Was hat der Mann eigentlich mit der Schüssel gemacht?"

Wieder merkte ich, dass es Rosi peinlich war. „Welche Schüssel?"

„Du hast doch in eine Glasschüssel gepinkelt und ein Mann hat Dir dabei zugeschaut. Dann hat er seinen Kopf in die Schüssel getaucht."

„Ach das - ja manche Männer stehen auf so etwas."

„Was sind das eigentlich für Männer, die da immer zu Dir kommen."

Rosi verstummte für kurze Zeit, senkte ihren Kopf und wurde plötzlich ernst. „Ach, das ist eine lange Geschichte. Willst Du sie wirklich hören?"

„Ja, ich will."

Rosi holte tief Luft und fing an, zu erzählen.

„Okay. Bis vor fünf Jahren hatte ich eine gutbezahlte Arbeit. Ich war selbstständig, hatte eine gutgehende Firma. Dann wurde ich krank, Hautkrebs, Chemo und das ganze Programm. Ich musste meine Firma aufgeben. Alle Bemühungen, eine neue Arbeit zu finden, blieben bisher erfolglos. Nach kurzer Zeit hatte ich kein Geld mehr und war auf Hilfe angewiesen. Doch die Stütze reichte vorn und hinten nicht. Ich war gezwungen, mir etwas dazu zu verdienen. Da kam ich auf die Idee mit der Annonce: *Junge Frau erfüllt tabulose Wünsche.* Ja, da hast Du keine Wahl. Da musst Du fast alles mitmachen. Auch wenn es Dir manchmal nicht gefällt. Nur, um ein paar Kröten zu verdienen.

So, nun weißt Du, was ich mache. Jetzt kannst Du es entweder akzeptieren oder Du kannst Dich anziehen und gehen."

Ich bekam Mitleid mit Rosi, küsste sie auf den Mund. Dann lagen wir einige Minuten einfach nur so da und schwiegen. Mein Kopf lag auf ihrer Brust, ich hörte ihr Herz schlagen. Es hatte den gleichen Takt wie meines. Unsere Blicke verrieten, dass wir uns gegenseitig sympathisch fanden. Schließlich stützte ich meinen Kopf auf meine Hand und schaute Rosi von oben bis unten an. Ihr nackter Körper, ihre schönen Brüste und ihre behaarte Scham erregten mich. Mein Schwanz war wieder steif und Rosi bat mich: „Komm, verwöhn mal meine Muschi!"

Ich schaute sie fragend an. So etwas hatte ich doch noch nie gemacht. Ich hatte Angst, etwas falsch zu machen. Rosi spürte meine Bedenken.

„Du brauchst keine Angst zu haben. Muschis beißen nicht, auch wenn sie Lippen haben und manchmal wie ein Mund aussehen."

Ich kniete mich vor sie und ihre Schenkel öffneten sich für mich. Ich näherte mich ganz vorsichtig ihrer nassen pulsierenden Weiblichkeit, die immer noch mein Sperma in sich trug. Immer intensiver wurde der Duft, der von ihr ausging. Mit beiden Händen drückte ich die gelockten Schamhaare zur Seite und sah nun ihr offenes Geschlecht. Ihre prallen Lippen waren weit geöffnet.

So sieht also eine Klitoris aus, dachte ich. Ich schaute sie mir genau an, diese süße rosafarbene Perle, die über den Schamlippen thronte und einer Frau so viel Lust bringen kann. Vorsichtig drängte ich meine Zunge in das zarte Rosa ihrer willigen Mitte. Ich umspielte zärtlich ihre Knospe und trank ihren süßen Nektar.

„Ja", hörte ich Rosi stöhnen. „Mach weiter! Leck mich, leck meine ganze Spalte."

Sie stachelte mich immer mehr an und ich wollte sie nicht enttäuschen. Etwa so, als ob ich den ganzen Tag nichts anderes machte als erregte Muschis zu lecken, steigerte ich mich immer mehr hinein und Rosis Stöhnen wurde immer intensiver.

„Jetzt, hör bitte nicht auf!" hörte ich sie plötzlich flehen und schon traf mir ein warmer nasser Strahl mitten im Gesicht. Ich erschrak und hörte sofort auf. Rosi schrie mich dagegen an: „Mach weiter!" Sie nahm ihre rechte Hand und tauchte zwei Finger in ihre pulsierende Möse. Wieder spritzte es aus ihr heraus. „Komm, steck Deinen Schwanz rein. Ich will Dich spüren. Mach es mir! Komm!"

Umgehend legte ich mich auf sie und Rosis geschickte Finger dirigierten schnell meinen Schwanz in ihre feuchte geschwollene Vagina. Ich spürte kaum etwas, so nass und groß war sie. Rosi begriff schnell und wir wechselten schnell die Stellung. Rosi nahm meinen Schwanz in ihren Mund, jetzt fühlte ich auch was und nach wenigen Augenblicken spritzte ich in sie hinein. Bis auf den letzten Tropfen holte sie alles aus mir heraus. Erschöpft sanken wir beide aufs Bett.

Nach einer ganzen Weile fragte ich sie: „Hast Du mich eben angepinkelt?"

„Tut mir leid, Robin! Ich war so erregt, da passiert das schon mal. Da habe ich nichts mehr unter Kontrolle. Schlimm?"

Ich überlegte einen Augenblick und sagte: „Nein nicht schlimm. So langsam kann ich die Männer verstehen, die Dir beim Pinkeln zuschauen möchten."

„Bist Du etwa auch einer von der Sorte?" fragte mich Rosi und lachte dabei laut.

„Noch nicht. Aber was nicht ist, kann ja noch werden" Wir blieben noch eine halbe Stunde eng umschlungen liegen. Dann zog ich mich an und ging wieder zurück in mein Zimmer.

Das war also mein erstes Mal mit einer Frau. Von nun an besuchte ich Rosi regelmäßig und wenn ich mal nicht zu ihr ging, beobachtete ich sie mit dem Fernrohr. Doch eines Tages war sie verschwunden, von einem Tag auf den anderen und ich sah sie nie wieder.

5. Der Mann im Mond

Mein Name ist Annette, ich bin 31 Jahre alt, brünett, habe eine angenehme Figur und bin auch sonst ganz ansehnlich. Ich arbeite als Chefsekretärin in einem erfolgreichen mittelständischen Unternehmen. Im Frühjahr letzten Jahres hatte ich ein dermaßen peinliches Erlebnis, das ich bisher nur, Paula, meiner besten Freundin erzählt habe. Sie wissen ja, Frauen erzählen immer alles zuerst ihrer besten Freundin. Paula war von meinem blamablen Erlebnis dermaßen geschockt, dass sie meinte, ich müsse es unbedingt mal einem Verlag anbieten, der erotische Geschichten verlegt. Damals war mir das Ganze unheimlich peinlich, doch jetzt, ein Jahr später, erscheint es mir fast schon wieder lustig. An jenem Tag war mir aber nicht unbedingt zum Lachen zumute.

Bevor ich jedoch mit dem Erlebnis beginne, sollte ich vielleicht noch ein paar Worte zur Vorgeschichte verlieren.

Im Februar trennte ich mich von meinem damaligen Freund. Wir passten einfach nicht zusammen. Er verstand sich immerzu als Künstler, nur, weil er angeblich Regisseur beim Fernsehen war. Dabei war er eigentlich nur der Assistent vom Assistenten. Er lebte in seiner eigenen Welt, die er sich wie ein Puzzle zusammen bastelte. Weit ab von der Realität und weit ab von mir. Ich wünschte mir immer ein Kind, doch er dachte zuerst nur an sich, an seine Karriere als Künstler.

Ich dagegen bin das ganze Gegenteil. Ich stehe mitten im Leben, mit all seinen Höhen und Tiefen und versuche, es täglich aufs Neue zu meistern. Bisher ist es mir ganz gut gelungen.

Im März lernte ich in einem Café Markus kennen. Er sprach mich einfach an. Wir verstanden uns sofort, es war die sprichwörtliche Liebe auf den ersten Blick. Bereits nach zwei Monaten zog er bei mir ein. Er hatte nämlich nur eine kleine Ein-Zimmer-Wohnung.

Leider ist Markus oft unterwegs, meist im osteuropäischen Ausland. Er arbeitet als Vertreter für Werkzeugmaschinen. Ich bin jedes Mal froh, wenn er gesund wieder nach Hause kommt, denn man hört ja viel über die hohe Kriminalität in diesen Ländern.

Ende Juni musste er nach Moskau. Daran ist zwar nichts Besonderes, doch als er drei Monate zuvor schon einmal dort war, ist er nur knapp mit dem Leben davon gekommen. Mutmaßliche Mitbewerber hatten Mafiakiller beauftragt, ihn zu entführen. Vielleicht wollten sie Lösegeld erpressen. Nur durch einen glücklichen Umstand ist es Markus gelungen, den Gangstern zu entkommen. Deshalb war ich an diesem Tag besonders aufgeregt und wartete permanent auf seine Anrufe. Wir hatten vereinbart, dass er sich in Abständen bei mir melden sollte.

Es war an einem schwül warmen Dienstag. Bereits zehn Uhr morgens zeigte das Thermometer 28 Grad an. Mein Büro glich einer Sauna. Obwohl ich nur ein dünnes Sommerkleid trug, war die Hitze kaum auszuhalten. Mein Chef hatte einen Außentermin und kündigte sich erst für den Nachmittag an. Dadurch hatte ich morgens kaum etwas zu tun. Außerdem hatten soeben die Sommerferien begonnen, da geht es bei uns sowieso etwas ruhiger zu.

Ich saß vor meinem PC, das Handy lag daneben und ich dachte an die letzte gemeinsame Nacht mit Markus. Ich schloss meine Augen und träumte, träumte von starken Händen, die mich zärtlich streichelten, von leidenschaftlichen Küssen, die meine Brüste und meine Pussy verwöhnten und von einem Schwanz, der mich von einem Höhepunkt zu anderen brachte.

Ohne es zu prüfen, spürte ich wie mein Höschen feucht wurde. Es war nicht nur der Schweiß, der mir langsam an meinem Körper herunter lief, es war meine Möse, die vor Sehnsucht lustvoll kribbelte. Ich rutschte auf meinem Bürostuhl hin und her, das machte alles aber noch viel schlimmer.

Eigentlich wollte ich auf Toilette gehen und mir Entspannung zu verschaffen, aber ich wartete doch auf Markus Anruf und das Handy wollte ich nicht mit auf die Toilette nehmen. Zuhause hätte ich mir anders geholfen. Da hatte ich meinen goldenen Zauberstab, dessen Vibrationen mir immer solch große Freude bereiten. Aber hier, im Büro, hatte ich nichts außer meinen Händen. Nichts? Wirklich nichts? Mein Blick wanderte auf mein Handy. Ein Handy mit Vibrationsalarm!

Ich weiß bis heute nicht, welcher Dämon mich in diesem Augenblick steuerte, jedenfalls überkam mich plötzlich der Gedanke, mir genau dieses Handy in meine Vagina einzuführen, um diese Vibration einmal auf andere Art zu testen.

Ich kramte in meiner Handtasche, dort hatte ich immer ein oder zwei Obsttüten aus dem Supermarkt parat, für alle Fälle, falls ich mal einen Tampon einwickeln muss oder ähnliche Dinge. Ich steckte also das Handy in solch eine Plastiktüte. Unter meinem Schreibtisch spreizte ich meine Beine und schob dabei mein Kleid etwas nach oben. Mit der linken Hand zog ich meinen feuchten Slip beiseite und mit der rechten führte ich das Handy in meinen nassen Spalt. Es flutschte wie von selbst hinein, sodass alles innerhalb von wenigen Sekunden erledigt war.

Mit keiner Silbe dachte ich in diesem Moment daran, dass Markus ja jeden Augenblick anrufen könnte. Ich positionierte mein Kleid wieder in Normalposition und nahm den Hörer des Bürotelefons in die Hand. Dann wählte ich die Nummer meines Handys. Kurz darauf spürte ich ein Kribbeln in meiner Möse. Ein Wahnsinnsgefühl! Das müssen Sie, natürlich nur, wenn Sie eine Frau sind, unbedingt einmal ausprobieren. Es war nicht nur das Kribbeln, was ich spürte, ich vernahm auch leise meinen Klingelton: „Der Mann im Mond hat …"

Doch das feine Vibrieren war schnell zu Ende. Etwa zehn elf Mal wählte ich aus Spaß oder aus Verrücktheit die Nummer meines Handys, dann ging die Tür auf. Mein Chef! Ich glaube, in meinem ganzen Leben habe ich noch nie solch einen riesigen Schreck bekommen. Irgendwie muss mein Chef geahnt haben, dass etwas nicht stimmte, denn er schaute mich für ein paar Sekunden wortlos von oben bis unten an. So sprachlos habe ich meinen Chef noch nie erlebt.

„Annette, kommen Sie bitte sofort in mein Büro. Es ist dringend."

Wenn mein Chef sagt, es sei dringend, dann ist es auch dringend. Aber warum war er schon 11:30 Uhr zurück? Ich hatte keine Zeit darüber nachzudenken, geschweige, ihn zu fragen. Ich nahm Block und Stift und eilte umgehend in sein Büro. Mein Handy steckte immer noch in meiner Muschi. Mein Slip verhinderte ein Rausrutschen.

„Annette", sagte mein Chef, „Wir sind nah dran, einen Großauftrag an Land zu ziehen. Wir müssen heute noch das Angebot rausschicken. Gleich kommt Herr Gutjahr in mein Büro. Wenn es klopft, lassen Sie ihn bitte rein und fragen Sie, ob er einen Kaffee möchte."

Da klopfte es auch schon an der Tür. Ich stand vorsichtig auf und ließ Herrn Gutjahr, unseren Anwalt, ins Büro. Alles ging so schnell, alle waren hektisch. Leider wollte er keinen Kaffee und ich traute mich nicht zu fragen, ob ich mal kurz auf Toilette könnte.

Ich wurde nervös. Plötzlich kam mir Markus wieder in den Sinn. Obwohl ich sehnsüchtig auf seinen Anruf wartete, hoffte ich doch in dieser Situation, dass er nicht anrufen würde. Sicher hatte ich hektische Flecken im Gesicht. Hitzewellen überfielen mich.

„Annette, sind Sie bereit?"

„Ja!" antwortete ich mit zitternder Stimme.

Dann fing er auch schon an zu diktieren.

„Sehr geehrter Herr ...", ich schrieb mit, in Steno, so wie ich es in der Schule vor drei Jahren gelernt hatte. Ich konnte es gut. Damals war ich die Beste aus der Klasse. Alle beneideten mich dafür.

Dann passierte es. In meiner Möse fing das Handy an zu vibrieren. Sofort bekam ich einen roten Kopf. Ich weiß nicht, ob die beiden Herren es mitbekamen, zu sehr waren sie mit sich beschäftigt. Nun hörte ich auch ganz leise das Lied: „Der Mann im Mond ...".

Mein Chef schaute mich an, ich schaute ihn an. Er ahnte sicher nicht, woher das Lied etwas verhalten an sein Ohr drang. Niemals hätte er vermutet, dass die Melodie aus meiner Möse kam. Eine singende Möse. Nicht schlecht. Es war mir sowas von peinlich, obwohl ja noch keiner der Herren die wahre Quelle entdeckt hat. Doch es war auch ein schönes Gefühl. Es dauerte nicht lange, dann war wieder Ruhe. Doch die Ruhe hielt nicht lange an.

„Der Mann im Mond …", ertönte es wieder leise und auch das Vibrieren war wieder da. Ich presste meine Beine noch fester zusammen. Die Melodie wurde leiser, dafür nahm ich das Vibrieren in meiner Vagina noch stärker wahr. Ein Wahnsinnsgefühl, eine Wahnsinnssituation, die mich erregte.

Ich wusste genau, dass der nächste Anruf in meiner Vagina einen Orgasmus auslösen würde. Ich hörte die Worte meines Chefs, die nicht enden wollten. Wie in Trance schrieb ich sie auf meinen Block. Ich weiß nicht, was er mir diktierte. Seine Worte steuerten direkt meinen rechte Hand an, machten keinen Umweg über mein Gehirn. Ich sah auf meinen Block, doch ich konnte nur verschwommene Schriftzeichen erkennen. Ich hatte Angst, dass ich es später nicht mehr lesen könnte. Ich hatte Angst vor der Reaktion meines Chefs. Ich wäre am liebsten auf die Toilette geeilt, doch ich traute mich nicht zu fragen. Ich schaute nicht auf, der Schweiß lief an mir herunter. Mein Höschen war pitschnass, meine Möse auch. Ich war einfach geil. Der nächste Anruf, der würde das Inferno auslösen.

„Dann war es soweit. ‚Der Mann im Mond' meldete sich wieder. Er massierte mir das Innere meiner Vagina. Sie begann zu pulsieren. Ich stöhnte leise, Mein Chef fragte: „Ist was? Bin ich zu schnell?"

„Nein, es ist alles bestens. Ich komme …, ich komme ganz gut mit."

Mein Chef stand auf, lief zum Fenster, schaute hinaus auf den Parkplatz.

„Da scheint jemand ein neues Lieblingslied zu haben."

Ich lächelte. „Ich fühle es auch, Nick P., nicht wahr?" stotterte ich schweißgebadet die Antwort. Immer noch pulsierte meine Möse. Ich begann zu husten, um das Stöhnen zu vertuschen. Dann kam endlich die Erlösung.

„Annette, ich denke, wir sollten eine kleine Pause machen. Machen Sie sich frisch, Sie sind ja ganz erhitzt. Geht es Ihnen nicht gut?"

„Doch, ich hatte nur eben eine kleine Hitzewelle. Ist schon wieder vorbei."

Dann stand ich auf und stürzte in Richtung Toilette. Umgehend zog ich mein Höschen runter und zog an der Plastiktüte, das Handy flutschte heraus. Die Tüte war pitschnass aber das Handy ist trocken geblieben. Es war nur etwas warm. Da war es wieder, das Klingeln, der ‚Mann im Mond' meldete sich zurück.

„Hallo", sagte ich und fragte: „Markus, bist Du es?"

In diesem Augenblick fielen mir gleich mehrere Steine vom Herzen. Markus fragte mich, ob etwas passiert sei.

„Nein, jetzt ist alles in Ordnung. Ich hatte nur dringend auf Deinen Anruf gewartet, sodass ich mir schon Sorgen gemacht hatte."

Als ich aus der Toilette herauskam, sagte mein Chef, den ich auf dem Flur beim Kaffeeholen begegnete.

„Merkwürdig. Eben war mir so, als ob ich den Klingelton in der Damentoilette gehört hätte."

„Ach ja", sagte ich und kam mir ertappt vor. „Wie man sich doch täuschen kann."

Als Markus aus Moskau zurück war, erzählte ich von meinem ungewöhnlichen Erlebnis. Er hat sich vor Lachen fast in die Hosen gemacht.

6. Der Luststrand

Im letzten Jahr entdeckte ich an meinem Lieblingsbadesee, den die Einheimischen wegen seines türkisfarbenen Wassers treffend ‚Blaues Auge' nennen, ein kleines abgelegenes Stück Strand, zu dem man aber nur gelangen kann, wenn man sich durch ein dichtes Waldstück kämpft. Wie ich erst später mitbekam, wird dieser Strand ausschließlich von Personen aufgesucht, die anderen beim Sex zuschauen möchten oder selbst Spaß daran haben, Sex vor zuschauenden Leuten fabrizieren. So etwas soll es geben.

Ich war damals für kurze Zeit arbeitslos und hatte natürlich viel Zeit. Das Wetter war schön, sehr heiß und was liegt in diesem Fall nahe? Natürlich Badengehen.

Es war schon etwas eigenartig, als ich damals an diesem See erschien. Die Pärchen unterbrachen abrupt ihr Liebesspiel. Die einzelnen Gäste nahmen ihre Hand von Schwänzen oder Muschis. Alle Augen der unbekleideten Personen waren plötzlich auf mich gerichtet. Mich kannte man hier noch nicht. Mir war es peinlich, ich fühlte mich, wie ein Störenfried, der wie ein Tollpatsch in eine Filmszene hineinplatzte. Aber keiner wagte etwas zu sagen. Wahrscheinlich lag es daran, dass hübsche weibliche Badegäste an derartigen Orten immer willkommen sind. Also machte ich mir nichts aus den Gaffern, zog mich nackt aus, breitete mein Handtuch aus, legte mich hin und tat so als ob ich dazu gehörte.

Ich beobachtete, dass die Leute nach und nach an der Stelle weiter machten, wo ich sie durch mein Erscheinen unterbrochen hatte. Die brünette Frau, die auf ihrem

Freund oder Mann saß, bewegte sich wieder langsam auf und ab, schaute aber immer noch prüfend zu mir herüber. Dann wurden ihre Bewegungen schneller. Ihre vollen Brüste wippten auf und ab. Sie hielt sie mit ihren Händen fest, konnte sie aber nicht bändigen. Ihre Möse war rasiert. Ich sah, wie ihre großen rosafarbenen Schamlippen das Glied des Mannes gierig umklammernden.

Unweit von dem Pärchen lag ein Mann, der wie wild seinen Penis bearbeitete. Gleich musste es ihm kommen, er stöhnte laut. Auch die blonde junge Frau mit den knabenhaften Brüsten und den großen Brustwarzen, die neben ihm lag und den Mittelfinger in ihr klaffendes nasses Geschlecht tauchte, schwitzte vor Erregung am ganzen Körper. Der Mann stand plötzlich auf, striffelte weiter an seinem Glied, ging die paar Schritte zu der blonden Frau und spritzte sein Sperma auf ihre schweißnassen Brüste.

Wo bin ich nur hier hingeraten, fragte ich mich und spürte, dass meine Spalte inzwischen auch feucht war und wie verrückt juckte. Was sollte ich nur tun? Ich musste mich ja anpassen. Also nahm ich meine Hand und fingerte etwas schamhaft und unbeholfen an meiner rasierten Spalte herum.

Ich schaute nach links. Dort leckte ein Mann die behaarte Möse seiner Frau. Ich hörte deutlich das schmatzende Geräusch, das seine flinke Zunge an ihrer klatschnassen Grotte verursachte. Gern hätte ich jetzt an Stelle der Frau auf der Decke gelegen. Auf einmal kniete ein Mann neben mir.

„Möchtest Du auch so verwöhnt werden?" fragte er mich.

Ich war für den ersten Moment unheimlich erschrocken, wusste gar nicht was ich ihm antworten sollte. Ich stammelte: „Oh ... ja ... gern. Wenn es Dir nichts ausmacht."

Und schon spürte ich seine Zunge an meiner tropfenden Spalte. Ich schaute wieder zu dem Pärchen neben mir. Die Frau stöhnte lauter. Plötzlich gab sie ihrem Mann einen leichten Klaps auf den Kopf. Er wusste Bescheid, was nun passieren würde, unterbrach sein Spiel und nahm seinen Kopf zur Seite. Einen Augenblick später schoss in hohem Bogen ein Strahl aus dem Schoß der Frau und traf nach etwa zwei Metern auf den Sand. Es spritzte bis auf meine Decke. Ein Mann, der zehn Meter entfernt lag, sprang auf und rannte zu der urinierenden Frau, versuchte ein paar Tropfen mit seinen Händen aufzufangen. Dann kostete er davon und den Rest verrieb er in seinem Gesicht.

So nah habe ich noch nie einer pinkelnden jungen Frau zugesehen. Es machte mich dermaßen an, dass ich, unterstützt von dem leckenden jungen Mann, einen mordsmäßigen Orgasmus bekam. Meine Möse pulsierte und mein Saft lief. Am liebsten hätte ich in diesem Augenblick auch meine Schleusen geöffnet und den jungen Mann angepinkelt. Doch dazu kannten wir uns noch nicht lange genug.

Der Bogen der pinkelnden Frau wurde kleiner und aus dem starken Strahl wurde nur noch ein kleines Rinnsal, das bald gänzlich versiegte. Jetzt setzte der Mann seine Schleckereien fort. Und es schien, dass sein Vergnügen noch größer wurde. Der Mann legte sich auf die Frau und führte sein großes steifes Glied in ihre nasse weit geöffnete Vagina. Die Frau quittierte das Eindringen des Mannes dankend mit einem erleichterten Seufzer. Der Mann legte ihre Beine auf seine Schultern, sodass er noch weiter in sie eindringen konnte. Dann nahm er die Zehen ihres rechten Fußes in den Mund und schleckte begierig an ihnen. Sie hatte niedliche kleine Zehen, deren Nägel mit schwarzem Lack geschmückt waren, was sie noch erotischer und verführerischer erscheinen ließ.

Wieder stand ich kurz vor einem Höhepunkt, doch diesmal wollte ich auch einen Schwanz in mir spüren.

„Komm zu mir!" forderte ich meinen geilen Lecker auf, der nicht lange fackelte und es dem jungen Mann neben uns gleich tat. Sein pralles Glied füllte mich total aus. Immer noch glaubte ich zu träumen, doch es war pure Realität. Nie im Traum hätte ich mir so einen Ort an diesem See vorstellen können. Mein Orgasmus rückte unaufhörlich näher. Auch mein Partner, von dem ich nicht mal den Namen wusste, konnte sich nicht mehr länger zurückhalten.

„Zieh ihn bitte nicht raus! Füll mich ab!" bettelte ich. Gerade noch zeitig genug, denn in diesem Moment spritzte er auch schon ab. Ich spürte, wie sein heißes Sperma meine Vagina mehr und mehr füllte. Parallel dazu durchzuckte es meine lüsterne Möse.

Mein Stecher verharrte noch ein paar Sekunden auf mir, solange, bis sein pralles Glied wieder auf normale Größe geschrumpft war.

„Ich hoffe, Dir hat es gefallen. Ich muss nämlich jetzt verschwinden. Spätschicht!."

„Du warst toll. Schade, dass Du gehen musst. Aber vielleicht sehen wir uns mal wieder."

Der junge Mann zog sich rasch an und verabschiedete sich mit einem Handkuss. Ich konnte ihm nur noch hinterher rufen: „Wie heißt Du eigentlich?" Doch er drehte sich nur kurz um, lächelte mich an und zuckte mit den Schultern.

Ich wollte mich gerade einen Moment ausruhen, da sah ich zu meiner Rechten ein neues Pärchen ankommen. Sie waren schon etwas älter. Ich schätze so gegen Mitte vierzig. Beide waren nicht rasiert. Sie, die Schwarzhaarige, hatte unheimlich starken Haarwuchs. So einen Busch habe ich in meinem ganzen Leben nicht gesehen. Oberhalb wuchs ihr das Fell fast bis zum Bauchnabel und unten etwa fünf bis zehn Zentimeter an den Schenkeln herunter.

Die Dame bemerkte, dass ich mich für ihren gewaltigen Busch interessierte und lächelte mich an. Anscheinend war sie sehr stolz auf ihr Fell. Sie hatte jedoch nicht nur eine außergewöhnlich behaarte Möse auch ihre Brüste waren nicht von schlechten Eltern. Sie hingen schwer an ihr herunter, fast bis zum Ansatz ihre Schamhaare. Die Mitte ihrer riesigen, etwa sechs bis acht Zentimeter im Durchmesser, messenden Brustwarzen, zierten harte Monsternippel, die, wahrscheinlich vor Erregung, auf ein bis zwei Zentimeter angeschwollen waren.

Nachdem sich beide ausgezogen hatten, ging es bei ihnen auch schon zur Sache. Sie kniete sich breitbeinig auf die Decke, sodass ich zwischen den Pobacken ihre behaarte Möse erkennen konnte. Eine Wulst von langen pechschwarzen zotteligen Haaren hing ihr zwischen den Beinen herunter. An einigen Haaren erkannte ich winzige Tropfen. War es Schweiß oder bereits ihr Liebessaft? Sie musste unheimlich geil gewesen sein. So, wie sie sich gab, schien es so, als ob sie es nicht mehr erwarten konnte, von ihrem

Partner genommen zu werden. Ihre vollen Brüste hingen fast bis auf die Decke.

Der Mann hielt seinen großen Ständer in der Hand und masturbierte. Dann kniete er sich hinter seine Partnerin und führte seinen Penis langsam in ihr schwarzes Loch. Er hatte, trotz seines mächtigen Gliedes, keine Probleme in ihre nasse willige Grotte einzudringen. Er beugte sich über die Frau und hielt sich mit den Händen an ihren schaukelnden Brüsten fest. Seine kräftigen Stöße verursachten in ihrer klatschnassen Vagina ein patschendes Geräusch.

Meine rechte Hand spielte an meinem, vom Sperma verklebten Geschlecht. Ich näherte mich schon wieder einem Orgasmus. Aber auch der Mann neben mir konnte sich nicht mehr zurückhalten, was seiner Partnerin wohl nicht so recht schmeckte. Gern hätte sie sicher seine Stöße noch länger in ihrer Spalte genossen, doch er ließ seine gesamte Sahne in ihr Loch spritzen. Dann verharrte er für einen Augenblick und stand wieder auf. Ohne ein Wort zu sagen, lief er zum See und rannte hinein. Seine Partnerin kniete unterdessen immer noch auf der Decke und ich sah, wie das Sperma des Mannes aus ihrer total verklebten Möse tropfte.

Was wird sie wohl jetzt tun, fragte ich mich. Doch die Antwort näherte sich bereits in Form einer jungen blonden Frau, die sich filmszenenreif rücklings unter sie legte und ihre Möse ausschleckte. Es machte den Anschein, dass die blonde Frau bereits darauf gewartet hat. Nun drehte sich die Schwarzhaarige um und setzte sich mit ihrem Po unmittelbar vor das Gesicht der Blonden, die nun noch besser ihr nasses Loch und ihren großen Kitzler schlecken konnte.

Die Schwarzhaarige kramte einen goldenen Dildo aus ihrer Handtasche, leckte ihn kurz ab und steckte ihn in das blank rasierte kleine Fötzchen der jungen blonden Frau.

Nun kam der Mann aus dem Wasser zurück, trocknete sich kurz ab, kniete sich vor die Blonde und schleckte mit seiner Zunge an ihrem süßen kleinen Kitzler.

Dann nahm die Schwarzhaarige den Dildo aus der Lustöffnung der Blonden, legte sich auf den Rücken und steckte ihn in ihre eigene Spalte. Schnell merkte sie, dass er viel zu klein für sie war und holte einen riesigen Gummischwanz aus einem mitgebrachten Koffer. Ich schätzte, dass er etwa 30 Zentimeter lang und über sieben Zentimeter dick war. Fast vollständig verschwand er in ihrem gierigen schwarzen Schlund.

Der Mann unterdessen, dem schon wieder eine mächtige Lanze angeschwollen war, versuchte diese ganz langsam in das kleine Pfläumchen der Blonden zu stecken.

Wo war ich nur hingeraten? Ich schaute mir diese ausschweifende Orgie noch etwa eine Stunde an, dann fuhr ich wieder nach Hause. Doch zuvor erfrischte ich mich noch einmal in den kühlen Fluten des ‚Blauen Auges'.

Am nächsten Tag schlug das Wetter plötzlich um. Bereits am Vormittag zogen schwere Gewitter heran, die sich ab dem Mittag entluden und eine Menge Regen mitbrachten. Außerdem kühlte es sich merklich ab. Badengehen konnte man also erst einmal vergessen.

Am Nachmittag musste ich mich wieder mal auf der ARGE vorstellen. Nach einer knappen Stunde Wartezeit war ich dann endlich dran. Ich stand auf, ging auf das Zimmer zu, öffnete die Tür und … wäre am liebsten im Erdboden versunken. Ich traute meinen Augen nicht. Wissen Sie, wer da am Tisch saß? Sie werden es sich sicher denken können. Ja, es war der junge Mann vom ‚Blauen Auge'. Ich lief sofort puterrot an, der junge Mann auch. Im Gegensatz zu mir konnte er sich schnell wieder fangen und sagte: „Guten Tag junge Frau. Bitte, nehmen Sie doch Platz!"

Aber ich nahm alles andere als Platz, ich nahm Reißaus und ließ mich nie mehr auf der ARGE sehen. Glücklicherweise bekam ich an diesem Tag noch eine Zusage von einer Firma, bei der ich eine Woche zuvor ein Vorstellungsgespräch hatte.

Das ‚Blaue Auge' besuchte ich seitdem nie wieder.

7. Peinliche Bettszene am Set

Mein Name ist Maik. Ich weiß nicht, wie es anderen Schauspielern geht, aber Bettszenen in Filmen gehören wohl zu den heikelsten und natürlich auch prickelndsten, die es für einen Schauspieler gibt. Sowohl für die männlichen als auch für die weiblichen. Meine erste Bettszene werde ich wohl nie vergessen. Ich war damals 22 Jahre alt und stand, wie man so schön sagt, voll im Saft. Damals war ich noch ledig, und hatte ständig wechselnde Bekanntschaften.

Über die Handlung des Filmes möchte ich jetzt nicht viele Worte verlieren, weil sie kaum etwas zur Sache tut. Vielleicht nur so viel: Eine typische Lehrer-Schüler-Beziehung. Ein Schüler wird von seiner Lehrerin verführt. Ich sollte mit meiner Partnerin, der Lena, also meine Englischlehrerin im Film, blond, vollbusig, dreißig Jahre alt, einen Liebesakt andeuten, bei dem sie im Bett auf mir saß.

Völlig unbekümmert und ohne mir etwas dabei zu denken ging ich an die Szene heran. Wir drehten in einem, extra für diese Szene gebuchten, Hotelzimmer. Fünf Leute standen um das Bett herum, der Regisseur mit seinem Assistenten, der Kameramann mit einer Steadicam und einem Assistenten und eine Maskenbildnerin.

Normalerweise dreht man derartige Szenen so, dass Mann und Frau ihren Slip anlassen und die ganze untere Partie vom Bettzeug verdeckt wird. Doch wir wollten es so echt wie möglich machen und verzichteten absichtlich auf einen Slip. Junge Menschen gehen mit der Nacktheit sowieso anders um, insbesondere, wenn sie aus dem Ostteil unseres Landes kommen. Dem Regisseur war es egal.

Ich war also völlig nackt und Lena trug nur ein sehr kurzes transparentes Negligé. Ich legte mich ins Bett und deckte mich mit einem dünnen Laken zu. Lena setzte sich auf mich. Dann fing alles an. Als ich ihre rasierte Muschi auf meinem Schwanz spürte, der sich sofort vor ihrem Spalt platzierte, begann mein Gehirn zu arbeiten. Man sagt ja, dass sich Sex im Kopf abspielt. Als ich dann noch ihre großen Brüste vor meiner Nase hatte, war alles zu spät. Sie steckten zwar unter einem Negligé, doch das war bis zum Bauchnabel geöffnet und so durchsichtig, wie eine geputzte Fensterscheibe.

„Beweg Dich, Lena!" hörte ich den Regisseur rufen. „Und, Maik, nicht so verkrampft! Lächle Lena an! Schau ihr in die Augen, nicht auf die Titten! Ihr seid verliebt. Ich will eine wilde Bettszene sehen. Fallt über Euch her, wie ausgehungerte Löwen."

Dieser Klugscheißer hatte gut reden, dem baumelten ja auch keine Monstertitten vor seinem Gesicht und dem saß ja auch keine weiche nackte Möse auf seinem Schwanz. Ich versuchte mich auf meine Rolle zu konzentrieren, meine Gedanken zu sammeln, Gott sei Dank hatte diese Szene nicht viel Text. Doch es gelang mir nicht. Ich musste völlig verkrampft gewirkt haben und mein Schwanz wuchs und wuchs. In diesem Moment wünschte ich mir, einen Slip anzuhaben.

„Halt!" rief der Regisseur. „So geht das nicht. Versucht Euch doch mal zu konzentrieren. Ihr spielt, wie Dreizehnjährige, die zum ersten Mal Sex haben und noch nicht so richtig wissen, wie es geht. Wir machen noch einen letzten Versuch und wenn das nicht klappt, schicke ich Euch erst mal unter die kalte Dusche."

Ich schloss für einen Moment die Augen und dachte daran, wie ich im letzten harten Winter einige Male mein Auto frei schaufeln musste. Es zeigte Wirkung, mein Glied schrumpfte und Lena lächelte mich an. Sie war sehr verständnisvoll.

Übrigens hatte ich Lena noch nie zuvor gesehen, nur eine kurze Begrüßung vor dem Set, ein unbedeutender Small Talk. Es war praktisch die erste Szene, die wir zusammen drehten. Unser Regisseur hatte die Angewohnheit, zuallererst die Bettszenen abzudrehen. Das sollte gleich zu Beginn ein intimes Verhältnis zwischen den Protagonisten erzeugen und sich positiv auf den weiteren Drehverlauf des Filmes auswirken. Damit hatte er großen Erfolg, wie sich nachträglich herausstellte.

Also alles noch mal von vorn. Die Kamera lief. Lena auf mir. Mein Schwanz vor ihrem leicht geöffneten Geschlecht. Sie küsste mich. Ich streichelte ihre Brüste. Wir versuchten es so lebensecht, wie nur möglich zu machen, vergaßen das Drehbuch. Wir spielten, wie zwei frisch Verliebte, mein Penis wuchs wieder. Lena zappelte auf mir. Es gelang mir nicht mehr, mich abzulenken. Mein Schwanz wurde größer und größer. Ich spürte, wie sich Lenas warmes feuchtes Fleisch willig teilte. Ihre Lustlippen waren weit geöffnet und bereit mich aufzunehmen. Doch sie zappelte weiter und stöhnte laut: „Stoß zu, ja, tiefer!"

Dabei war ich gar nicht drin. Der Regisseur hob den Daumen und signalisierte, dass wir es super machten. Jetzt hatte ich ein Problem. Ich war durch diese Situation derartig erregt, dass ich Angst verspürte, jeden Augenblick zu kommen. Ich hatte große Bedenken, dass sich mein Schwanz durch Lenas Gezappel zufällig in ihre Lustgrotte verirren könnte. Doch Lena schien es nichts auszumachen, dass ich einen Mordsständer hatte. Es machte ihr sichtlich Freude, mit meinem Problem zu spielen.

Dann passierte es. Mein Glied flutsche plötzlich tatsächlich in ihre nasse Vagina. Sie jauchzte kurz auf. Der Regisseur deutete ein Klatschen an, begrüßte ihre eigenmächtige Abweichung vom Drehbuch, denn er ahnte ja nicht, dass mein Schwanz nun bis zum Anschlag in ihrer Muschi steckte. Anstatt die Szene abzubrechen, genoss sie diese ungewöhnliche Situation. Ich dachte, jetzt dreht sie total durch. Sie zog sich ihr Negligé über den Kopf und klatschte mir ihre großen Möpse rechts und links ins Gesicht, sodass ich kaum noch Luft bekam. Dann fing sie an, laut zu stöhnen und ich konnte mich nicht mehr länger zurückhalten. In heißen Strömen schoss mein Sperma in ihre Vagina und gleichzeitig spürte ich ein Pulsieren in ihrer Spalte. Das war mir vielleicht peinlich. Sie senkte ihren Oberkörper auf den meinen und der Regisseur rief: „Aus, aus! Im Kasten. Ihr wart hervorragend. Das war's für heute."

Lena lächelte mich verschmitzt an und ich bekam sofort einen roten Kopf. Sie gab mir einen Schmatz auf den Mund, der mir zu verstehen geben sollte, dass ich die Szene hervorragend gespielt hatte und jetzt lächelte ich auch. Sie zog sich ihr Negligé wieder an. Die Crew war dabei, das Zimmer zu verlassen.

Als alle aus dem Zimmer waren, stieg Lena wortlos von mir, zog vorsorglich die Bettdecke über meinen Unterleib und begab sich ins Bad. Ich blieb solange liegen, bis sie wieder raus kam.

„Das Bad ist jetzt frei", sagte sie, zog sich schnell an und mit einem kleinen Küsschen auf meine Wange verließ sie wortlos und lächelnd das Hotelzimmer.

Einen Tag später trafen wir uns im Speisesaal unserer Medienanstalt. Lena kam zielgerichtet an meinen Tisch, stellte ihr Tablett ab und setzte sich. Schamesröte stieg mir ins Gesicht.

„Du bist ein ganz schlechter Schauspieler", sagte sie. Damit verunsicherte sie mich noch viel mehr. Ich wusste erstens gar nicht, was sie damit meinte und zweitens nicht, wie auf diese Anschuldigung regieren sollte. War es nur ironisch gemeint oder sollte ich mich tatsächlich dafür schämen?

„Wie meinst Du das?" fragte ich irritiert.

„Sei froh, dass wir uns gestern nicht duellieren mussten. Dann wäre einer von uns sicher tot gewesen. Rate mal, wer."

Langsam begriff ich ihre Anspielung, lächelte erleichtert und sagte: „Da hätten wir aber auch nur mit Schreckschusspistolen gespielt."

„Hast Du schon gehört, dass unserem Regisseur die gestrige Szene so gut gefallen hat, dass er gleich noch eine zweite eingebaut hat?"

Mir blieb der Bissen im Hals stecken, ich hustete und riss vor Schreck die Augen auf.

„Oh, mein Gott", stammelte ich. „Noch eine?"

„Da müssen wir aber vorher noch mal üben", sagte Lena.

„Wenn Du meinst."

„Wie wär's mit heute Abend, bei mir?"

Ich schaute Lena ins Gesicht, schwieg für einen Moment und nickte dann nur.

„Also gut", sagte sie. „Um sieben Uhr bei mir. Kolpingweg 24."

„Alles klar, Kolpingweg 24, sieben Uhr."

Lena empfing mich abends im gleichen Negligé, wie schon am Vortag in der Filmszene. Ohne lange zu fackeln, führte sie mich sofort in ihr Schlafzimmer. Auf dem weiß bezogenen Französischen Bett hatte sie Blütenblätter von roten Rosen verteilt und neben dem Bett stand ein kleiner Wagen mit einem Champagner und dazu passenden Gläsern.

Lena küsste mich leidenschaftlich und knöpfte dabei mein Hemd auf. Im Nu stand ich splitternackt vor ihr und hatte bereits einen mächtigen Ständer. Ich streifte ihr das Negligé über ihre Schultern, nahm ihre Brüste in die Hände und nuckelte an ihren Nippeln. Dabei steuerte ich sie geradewegs auf das Bett zu. Sie legte sich auf den Rücken, stellte ihre Beine auf und öffnete erwartungsvoll ihre Schenkel. Ich sah ihren feuchten Schoß, ihre lüsterne rosa Spalte schimmerte und ich wusste, dass sie sehnsüchtig darauf wartete, genommen zu werden. Ich begann sofort mit meiner Zunge ihren Kitzler zu lecken. Der Liebesaft lief aus ihrem nassen Kelch und ich schleckte ihn wie köstlichen süßen Nektar.

„Komm zu mir!" bat sie mich flüsternd. „Ich halt es nicht mehr aus. Mach es mir! Heute kannst Du alles mit mir machen. Heute schaut uns keiner zu und gibt blöde Anweisungen."

Ich kniete mich zwischen ihre Schenkel und legte ihre Beine über meine Schultern. Ganz langsam schob ich meinen Schwanz in ihre tropfende Möse. Sie war heiß und feucht und umklammerte fest meine eisenharte Stange. Zunächst bewegte ich mich etwas zaghaft und genoss das unvergleichliche Gefühl ihrer nach Liebe dürstenden Muschi. Dann wurden meine Stöße schneller, immer intensiver. Lena stöhnte laut. Sie begann am ganzen Körper zu schwitzen. Ich leckte ihren Schweiß ab, unter den Armen und an ihren wippenden Brüsten, nahm ihre Füße in den Mund, schleckte ihre Zehen ab, steckte meine Zunge tief in ihren Mund, saugte an ihren harten Nippeln, biss hinein, bis sie vor Schmerzen laut schrie. Ich spürte, wie ihre Vagina anfing zu pulsieren und meinen Penis melken wollte. Doch ich wollte noch nicht kommen. Ich gab alles, stieß kräftig in ihre Vagina, der Schweiß tropfte mir von der Stirn. Lena stöhnte, war der Ohnmacht nahe.

„Komm doch auch, bitte!" flehte sie mich an. „Ich kann nicht mehr."

Schon wieder spürte ich die rhythmischen Kontraktionen ihrer Scheidenmuskeln. Jetzt konnte ich mich nicht mehr länger zurückhalten. Lena ahnte, dass ich soweit war.

„Lass alles rein! Ich möchte, dass Du in mir kommst."

Vier- oder fünfmal spritzte ich in ihre pulsierende Möse, dann ließ ich mich erschöpft auf sie fallen. Schweißgebadet lagen unsere nassen Körper aufeinander. Doch bereits nach wenigen Augenblicken sagte Lena: „Ich hab eine Idee. Leg Dich mal auf den Rücken!"

Ich tat, was sie wollte. Dann setzte sie sich auf mein Gesicht und sagte: „Leck mir die Muschi aus, jeden Tropfen. Ich mag das. Vergiss aber meinen Kitzler nicht. Ich bin so geil auf Dich."

Das ging so bis zum frühen Morgen und ich staunte, dass ich in dieser Nacht so oft konnte. Sicher lag es an Lena, die mich immer wieder hoch brachte. Leider waren wir nur während der Dreharbeiten zu dem Film ein Paar. Denn gleich danach hatte sie eine größere Rolle in der Schweiz bekommen und wir verloren uns mehr und mehr aus den Augen. Dem Film aber hat unsere Beziehung gut getan. Und noch heute dreht der Regisseur zuerst die Bettszenen.

8. Feuchte Träume

Vor einem halben Jahr hat mich Bastian verlassen, einfach so, ohne Vorwarnung, wegen so einem jungen Ding, dieser Jana, die ihm den Kopf verdreht hat. Fünfzehn Jahre jünger als Bastian ist sie, dieses blonde Luder. Sie wird in diesem Jahr zwanzig. Das hat Frau nun davon, wenn sie sich einen gleichaltrigen Mann nimmt.

Ich wusste gar nicht, dass Bastian auf blonde Frauen steht. Die ganzen zwölf Jahre, die wir zusammen waren, schwärmte er mir vor, wie sehr er doch auf brünette Frauen stünde und, dass er sich niemals vorstellen könnte eine blonde Frau zu lieben. Zumal an dieser Barbiepuppe auch gar nichts dran ist. Schlank und dürr, wie eine Gerte. Das verstehe ich nicht. Jedes Mal, wenn, wir zusammen schliefen, haben ihn mein runder Arsch und meine vollen Möpse doch fast in den Wahnsinn getrieben.

Und das soll plötzlich anders sein? Wie schnell sich die Zeiten ändern können. Ich kann es bis heute nicht nachvollziehen und bin auch noch nicht ganz darüber hinweg. Aber ich kann es nun mal nicht ändern. Auf alle Fälle gibt es kein Zurück mehr, sollte er es sich eines schönen Tages anders überlegen. Da habe ich auch meinen Stolz.

Seit dieser Zeit vergeht jedenfalls kaum ein Tag beziehungsweise Nacht, in der ich keine Alpträume habe. Alpträume sind vielleicht auch nicht die richtige Bezeichnung, treffender wären feuchte Träume. Denn jedes Mal, wenn ich morgens aufwache, ist meine Möse klatschnass und juckt wie der Teufel. Dann muss ich erst einmal meinen

Gummischwanz aus dem Nachtschränkchen holen und es mir so richtig besorgen, sonst wäre ich den ganzen Tag hibbelig.

Vor zehn Tagen, da hatte ich zum Beispiel wieder so einen feuchten Traum. Ich träumte, ich war beim Gynäkologen und als ich das Sprechzimmer betrat, waren da drei Männer und die Schwester. Ich sollte mich auf einen OP-Tisch legen. Dort band man mir Arme und Beine am Tisch fest, sodass ich mich nicht mehr bewegen konnte. Dann zogen sich die Männer und die Schwester nackt aus. Die Männer hatten alle einen mächtigen Ständer. Zwei Männer stellten sich an das Kopfende und ich musste abwechselnd ihre Schwänze in den Mund nehmen. Der dritte kniete sich an das andere Ende und leckte meine behaarte Spalte. Die Schwester massierte derweil meine Brüste.

Als der dritte Mann merkte, dass ich langsam feucht wurde, stand er auf und führte sein mächtiges Glied in meine Möse. Nach wenigen Stößen schon kam er und spritze auf meinen Bauch. Dann löste ihn der nächste ab, dem ich zuvor den Schwanz lutschte. Auch er kam bereits nach wenigen zaghaften Bewegungen.

Dann besorgte es mir der letzte, der kleinste von allen. Der kleinste hatte auch den kleinsten Schwanz. Ich spürte kaum etwas. Gott sei Dank, kam mir die Schwester zu Hilfe und massierte mir den Kitzler. Wir waren nur noch zu dritt im Raum. Die anderen Männer hatten sich bereits wieder angezogen und waren gegangen.

Die Schwester war sehr zärtlich und so dauerte es nicht lange, bis ich auch zum Höhepunkt kam. Gleichzeitig spritzte der dritte Mann auf meinen Bauch. Danach verschwand auch er und die Schwester wischte meinen Bauch ab und band mich wieder los. Dann sollte ich mich wieder, bis auf den Slip anziehen und auf den Gynäkologen-Stuhl setzen. Da kam auch schon der Arzt und begann mit der Untersuchung.

„Ihre Vagina ist ja ganz nass. Haben Sie das öfter?"

„Eher selten", sagte ich.

„Ich verschreibe Ihnen da mal was."

Als ich die Praxis verließ, las ich: Vibrator XL, Länge 25 Zentimeter, Breite 5 Zentimeter.

Als ich heute früh aufwachte musste ich erst einmal überlegen, ob ich das alles nur geträumt oder am Vortag tatsächlich erlebt hatte. Da war ich nämlich bei Doktor Löbner, meinem Gynäkologen. Aber es war nur ein Traum. Doktor Löbner würde mir so ein Teil nie im Leben verschreiben. Nein, das würde er nie tun. Wenn schon, dann zumindest XXL. Schließlich kennt er mich ja in- und auswendig. Das war ein Scherz.

Ich kann mich gar nicht mehr so genau an all diese Träume erinnern. Vor einer Woche, ich glaube, es war der Dienstag, genau, am Tag zuvor lief ‚Rach der Restauranttester' im Fernsehen, da träumte ich, ich wäre in einem Restaurant. Ich saß ganz allein an einem Sechsertisch, an einer der zwei Seiten mit den drei Plätzen.

Ich war jedoch nicht lange allein an diesem Tisch. Nach wenigen Minuten kam ein gutaussehendes Pärchen und fragte, ob an meinem Tisch noch zwei Plätze frei wären. Ich sagte: „Na, klar. Nehmen Sie Platz. Hier ist noch alles frei."

Die Frau war noch keine zwanzig, hatte lange glatte blonde Haare und eine recht passable Figur. Sie trug ein kurzes geblümtes Sommerkleid mit Spaghettiträgern. Darunter keinen BH. Der schwarzhaarige schlanke Mann war mit einem gelben Polohemd und weißen langen Leinenhosen bekleidet.

Ich bestellte mir einen Schoppen Wein und eine Portion Lammfilet mit Klößen und grünen Bohnen. Während ich genüsslich beim Essen war, spürte ich plötzlich einen weichen Gegenstand an meinen Beinen. Ich erschrak und schaute mich unauffällig um. Langsam, aber zielsicher, drängte sich dieser Gegenstand zwischen meine Beine. Ich stoppte mein Essen und griff mir unauffällig zwischen meine Schenkel. Dann fühlte ich es, es war ein nackter Frauenfuß. Ich schaute gegenüber zu der blonden Frau. Sie lächelte und deutete mir an, leise zu sein und mir nichts anmerken zu lassen. Ich versuchte weiter zu essen. Der Fuß wanderte an meinen Schenkeln hinauf, während die Frau gegenüber tiefer in ihrem Stuhl versank. Der Mann neben ihr musste in das frivole Spielchen eingeweiht worden sein, denn auch er lächelte mich lasziv an.

Ich spreizte meine Beine. Inzwischen war auch mein Rock bis fast ganz nach oben gerutscht. Der große Zeh der blonden Frau war derweil an meinem Höschen angelangt. Ich schaute unauffällig am Tisch hinunter, auf den Fuß der Frau. Sie hatte wirklich süße und gepflegte Füße. Hellgrüner Nagellack zierte ihre niedlichen Zehen, die ich am liebsten in den Mund genommen und abgeschleckt hätte. Ihr großer Zeh liebkoste meine Möse, die nur durch ein hauchdünnes Seidenhöschen bedeckt wurde. Ich schaute zu den Beiden hinüber, die sich köstlich zu amüsieren schienen. Ich konnte in diesem Augenblick nicht verstehen, wie ich so etwas zulassen konnte. Im wirklichen Leben hätte ich schon längst auf den Tisch gehauen, im wahrsten Sinne des Wortes. Aber in diesem Traum war ich nur darauf bedacht, dass unsere frivolen Spielchen niemand mitbekam.

Oder war es auch die Neugier, die Neugier auf die Liebkosungen dieser jungen blonden Frau, die Jana so sehr ähnelte, dass ich diese Zärtlichkeiten zugelassen habe? Ich weiß es nicht. Da müsste ich schon mal zu einem Traumdeuter gehen.

Ich rutschte sogar auf dem Stuhl noch etwas weiter nach vorn, sodass der Fuß der Frau meine erregte Spalte besser erreichen konnte. Immer intensiver wurden ihre Bewegungen und ich spürte, wie mein Höschen immer nasser wurde und ich geradewegs auf den Höhepunkt zusteuerte.

In diesem Augenblick klingelte mein Wecker. Ich hätte ihn an die Wand klatschen können, solch eine Wut hatte ich. Stattdessen holte ich meinen Gummischwanz aus dem Nachtschränkchen und brachte das Szenario erst einmal zufriedenstellend zu Ende.

Unheimlich geil fand ich auch folgenden Traum, der allerdings schon einige Wochen zurück lag: Ich träumte, dass ich einen neuen Freund habe. Jonas hieß er. Jonas und ich, wir liebten es, Liebe an den ungewöhnlichsten Orten zu machen. Eines Tages, an einem schwülen Abend, kamen wir nach einem Abendessen spontan auf die Idee, uns auf einem Parkplatz zu lieben. Der Parkplatz, den wir ansteuerten, lag ziemlich am Stadtrand, in der Nähe der Autobahn und wird in der Regel als Park & Ride Parkplatz genutzt.

Da es eine spontane Entscheidung war, wussten wir nicht, ob dieser Parkplatz unter Insidern von Parkplatzsex auf der Liste stand. Das war erst einmal zweitrangig.

Wir steuerten also den Parkplatz an und als wir gegen 23:00 Uhr dort ankamen, war alles stockdunkel. Es war Neumond und wir erkannten nur ein paar wenige Fahrzeuge, sahen aber nicht, ob Personen darin saßen.

Wir wollten gleich zur Sache kommen, begaben uns auf die Rücksitzbank und zogen unsere Klamotten aus. Ich merkte, dass ich dringend mal pinkeln musste, doch Jonas, hielt mich davon ab, so nackt, wie ich war, noch mal das Auto zu verlassen.

Stattdessen fingen wir gleich mit der Fummelei an. Jonas hatte bereits einen gewaltigen Ständer und ich war auch schon ziemlich feucht im Schritt. Ich konnte es kaum erwarten, Jonas Schwanz in mir zu spüren. Doch Jonas wollte noch nicht so schnell zur Sache kommen. Er knetete zunächst meine Brüste und schleckte und saugte an meinen Nippeln. Nun nahm er sich auch noch meine, vor geiler Erregung kribbelnde, Pussy vor und begann meinen Kitzler mit der Zunge zu verwöhnen.

Er tat mir leid, denn seine Stellung, so kniend zwischen den Sitzen sah schon etwas ungewöhnlich und grotesk aus und muss für ihn recht unbequem gewesen sein. Die zärtlichen Liebkosungen seiner Zunge machten mich noch geiler und auch mein Harndrang wurde größer und intensiver. Lange konnte ich es nicht mehr aushalten und so bat ich ihn, doch endlich mit dem Hauptgang zu beginnen, da ich ansonsten seinen neuen Wagen unter Wasser setzen würde.

Jonas verstand schnell und positionierte sich nun ein wenig umständlich in die finale Position, in der er zum endgültigen Angriff übergehen konnte. Langsam führte er schließlich seinen dicken Schwanz in meine dürstende Möse. Seine Bewegungen waren etwas schwerfällig und unbeholfen. Doch in Anbetracht der widrigen Umstände in diesem beengten Fahrzeug und unserer Ungeübtheit in derartigen Dingen, waren wir froh, mit den wichtigsten Körperteilen überhaupt zueinander gefunden zu haben.

Jonas brauchte nicht lange bis zum Höhepunkt. Sicher wollte er schnell wieder aus dieser misslichen Position herauskommen. Ich hätte zwar seinen Schwanz noch ein wenig länger in mir gespürt, doch erstens hatte ich Mitleid mit ihm und zweitens hatte ich eine zum Bersten volle Blase.

Nachdem mich Jonas, im wahrsten Sinne des Wortes, abgefüllt hatte, öffnete ich umgehend sie Wagentür und stürzte splitternackt aus dem Auto. Es war allerhöchste Zeit, ich konnte keinen Schritt mehr gehen. Unmittelbar vor den Wagen kauerte ich mich hin und strullte in hohem Bogen los. Man war das vielleicht dringend. Mitten in meinem Geschäft schaute ich auf, ob ich noch andere Fahrzeuge sehen konnte. Da traf es mich, wie ein Schlag. Im diffusen Dunkel der Nacht machte ich drei oder vier männliche Gestalten aus, die mit herabgelassener Hose etwa zwei Meter vor mir standen, mir beim Pinkeln zusahen und masturbierten.

Ich war zwar zu Tode erschrocken, doch meinen Strahl konnte ich nicht mehr unterbrechen. Ich strullte einfach weiter. Gefühlte zwei Liter müssen es insgesamt gewesen sein. Vor mir befand sich nun eine dampfende Pfütze. Wie gelähmt, verweilte ich nach meiner Notdurft in der kauernden Position. Ich traute mich nicht aufzustehen, weil die Männer langsam näher kamen und mir ihre steifen Schwänze in Reichweite präsentierten. Jonas begriff das alles nicht und blieb lieber im Wagen sitzen und schaute dem Treiben zu.

Plötzlich spürte ich etwas Warmes, Nasses in meinem Gesicht. Dann ein weiterer Spritzer auf meiner Brust, noch einer. Eine Hand verrieb das Sperma der Männer auf meinem Körper. Ein weiterer Spritzer traf meine Haare, meine Stirn. Ich ließ alles geschehen und genoss es. Dann … wieder der Wecker. Ich hätte blöde werden können.

So geht das tagein tagaus. Bis vor drei Tagen. Dieser Tag veränderte mein Leben. Zwar waren mir die Umstände, wie das Ganze ablief, unheimlich peinlich. Aber das ist nun mal nicht mehr zu ändern.

Ich war am Badesee, lag im Bikini auf meiner Decke und träumte, träumte wieder einen von diesen geilen feuchten Träumen. Unbewusst streichelte ich mir im Traum meine feuchte Spalte. Und … und wurde dabei heimlich von einem Mann beobachtet. Als ich durch ein lautes Geräusch, ich glaube, es war ein Hubschrauber, aufwachte, kam dieser Mann zu mir und sprach mich an. Er machte mich, was ich ausgesprochen nett fand, denn andere Männer würden dies gleich als Spannerei ausnutzen, darauf aufmerksam, dass ich mir im Schlaf in mein Höschen fassen würde und bereits zum Gespött der anderen Badegäste geworden bin. Marek, so hieß der freundliche Mann, schlug vor, uns lieber in eine Eisbar zu setzen und ein wenig miteinander zu plaudern, da ich mich hier sowieso schon lächerlich gemacht habe. Ich fand seinen Vorschlag super und so machten wir uns auf in die Eisbar. Das war der Anfang einer neuen großen Liebe und seit diesem Tag habe ich keine feuchten Träume mehr. Nein, ganz im Gegenteil, ich lebe meine feuchten Träume.

9. Motorradunfall mit Folgen

Dabei hatte ich mich so auf die Jungfernfahrt mit meinem neuen Motorrad gefreut. Sogar das Wetter hätte an diesem achten Juli nicht besser sein können. Da ist man mal für einen winzigen Augenblick unaufmerksam, da brettert es einen auch schon auf den Asphalt, dass einem Hören und sehen vergeht. Und nicht nur das. Mich hat es ganz schön erwischt. Ich hatte beide Beine und beide Arme gebrochen. Dabei hatte ich noch Glück im Unglück, es hätte noch viel schlimmer kommen können. Wenn zum Beispiel der Truck, der mir entgegen kam, nicht rechtzeitig zum Stehen gekommen wäre. Dann wäre ich Mus gewesen und müsste mir jetzt die Radieschen von unten anschauen.

Stattdessen wurde ich mit einem Rettungshubschrauber ins nächste Krankenhaus geflogen. Normalerweise habe ich ja höllische Flugangst. Doch in diesem Augenblick bekam ich nichts von alledem mit. Die vom Rettungsdienst haben mich sofort in ein künstliches Koma gelegt. Als ich davon aufwachte, dachte ich zunächst, ich träume. Erst als Lena, die Krankenschwester reinkam und mir erzählte, warum ich hier bin, begriff ich langsam, was geschehen war.

Naja, dachte ich, ist eben Schicksal. Damit musst du rechnen, wenn du Motorrad fährst. Bist ja wenigstens noch am Leben und die paar Knochenbrüche wirst du schon überstehen. Da musst du durch wie ein Lurch. Nur Schade, dass ich mich zwei Wochen zuvor gerade von meiner Freundin getrennt hatte. Eigentlich wegen einer Nichtigkeit. Aber das war ja nicht das erste Mal, dass wir uns für einige Zeit trennten. Das passierte schon drei oder viermal. Bisher haben wir uns jedoch immer wieder zusammen gefunden. So hoffte ich auch diesmal. Doch alles kam ganz anders.

Auch wenn Sie eine Frau sind, werden Sie wissen dass solch eine lange sexuelle Abstinenz für einen Mann manchmal Probleme mit sich bringen kann. Zumal, wenn er beide Arme in Gips hat. Morgens war es besonders krass. Schon wenige Tage, nachdem ich aus meinem künstlichen Koma aufwachte, hatte ich morgens ständig meine obligatorische Morgenlatte. Peinlich war es deshalb, weil es immer die diensthabenden Schwestern mitbekamen, als sie Punkt sechs Uhr das Krankenzimmer betraten und mir die Ente brachten. Ich konnte ja nicht selbst in die Ente pinkeln. Ich war ja auf die Hilfe der Schwestern angewiesen. Und die machten sich jedes Mal einen höllischen Spaß daraus. Da kamen schon mal Sprüche rüber, wie: „Da kann man ja neidisch werden." „Hart ist der Zahn der Biberratte, doch härter noch ist meine Morgen ..." „Gibt es sowas auch zu kaufen." „Mann ist der dick, Mann."

Die Schwestern meinten die Sprüche eher scherzhaft. Jedenfalls, bis eines Morgens Helena zur Tür herein kam. Ich war sehr enttäuscht, dass statt der hübschen, gesprächigen Schwestern der Tage zuvor, nun ein eher hässliches Entlein an mein Bett trat, wortlos die Bettdecke lüftete und meinen erigierten Schwanz in die Ente bugsierte. Helena trug eine Brille und hatte ihr fettiges braunes Haar zu einem Zopf geflochten.

„Bist Du neu hier?" fragte ich neugierig.

Sie nickte nur mit dem Kopf und verließ anschließend mit der halbvollen Ente das Zimmer. Kurze Zeit später kam sie wieder, putzte mir die Zähne und wusch mich von oben bis unten. Mein Schwanz, der nach dem Pinkeln auf Normalgröße geschrumpft war, wuchs, als Helena ihn mit einem Waschlappen wusch, wieder über sich hinaus.

„Er mag Dich vielleicht", scherzte ich und sah Helena schmunzelnd an.

In diesem Moment erkannte ich auf ihrem Gesicht ein winziges Lächeln, was auch mich ansteckte. Für einen Augenblick trafen sich unsere Blicke und ich lächelte sie an. Auch sie schmunzelte und, wenn sie lächelte, sah sie gar nicht mal so übel aus.

Am nächsten Morgen kam sie wieder. Ich hätte sie beinahe nicht erkannt. An diesem Tag trug sie ihr Haar offen, es war frisch gewaschen und erfüllte das gesamte Krankenzimmer mit einem frischen Duft nach Jasmin. Auch vermisste ich die Brille. Ich nahm an, dass sie stattdessen Kontaktlinsen trug. Erstaunlich, wie innerhalb nur eines Tages aus einem hässliches Mädchen eine so ansehnliche Frau werden konnte. Lag das etwa an mir?

Als Helena mit der Ente an mein Bett kam und sich zu mir herüber beugte, bemerkte ich, dass die oberen Knöpfe ihres Kittels geöffnet waren. Dadurch hatte ich einen unverbauten Blick auf ihre Brüste. Etwas verschämt, aber doch sehr neugierig schaute ich ihr in ihren Ausschnitt und war überrascht, was ich da Schönes zu Gesicht bekam. Ich weiß nicht, ob sie es extra für mich getan hatte, aber sie trug keinen BH, sodass ich bis zu ihren Brustwarzen schauen konnte. Ich weiß auch nicht, ob es mir in diesem Augenblick peinlich war, auf ihre Titten zu schauen, aber sie war doch selbst daran schuld. Sie hat sie mir doch, wie auf einem silbernen Tablett serviert, regelrecht vor die Nase gehalten. Dann schaute sie mich auch noch an und erwischte mich dabei. Wieder sah ich ein spitzbübisches Lächeln auf ihrem Gesicht.

„Nicht übel", sagte ich und ergänzte aber. „Wie Du das mit der Ente immer so hinbekommst."

„Gelernt ist gelernt", sagte Helena lächelnd. Es waren die ersten Worte, die sie zu mir sagte.

Später, als sie mich wusch, passierte mir das Gleiche wie bereits am Vortag. Wieder bekam ich einen „Steifen".

„Tut mir leid", versuchte ich mich zu entschuldigen. „Ich kann nichts dafür. Das muss an Dir, eh Ihnen liegen. Ich habe schon lange nicht mehr ... und Du, eh Sie sind so zärtlich mit mir."

Helena lächelte. „Ja, bin ich das? Du kannst ruhig Helena zu mir sagen. Wir sind doch ein Alter."

„Woher weißt Du das?" fragte ich erstaunt.

„Es steht doch in Deiner Krankenakte. Wir haben sogar am gleichen Tag Geburtstag."

„Wow", sagte ich. Da sind wir ja sowas, wie Zwillinge.

„So ungefähr", lachte Helena und gab mir sogar einen Schmatz auf die Wange.

Helena war wie verwandelt. An diesem Tag redete sie ununterbrochen. Sie vertraute mir ihre ganze Lebensgeschichte an. Ich erfuhr, dass sie eine große Enttäuschung hinter sich hatte. Ihr Freund hat sie misshandelt und geschlagen. Sie meinte, sie hätte mit Männern ein für alle Mal abgeschlossen. Doch es schien, als ob sie ihre Meinung plötzlich geändert hätte.

Am nächsten Tag passierte dann etwas, was mein Leben total veränderte und was ich mein Lebtag lang nicht vergessen werde.

Ich war immer noch allein in dem Krankenzimmer. Das Bett neben mir war seit zwei Tagen nicht belegt. An jenem Tag kam Helena bereits halb sechs Uhr zur Tür herein. Ich war jedoch schon wach und erwartete sie. Doch anstatt mir die Ente zu bringen, schloss sie die Tür hinter sich ab. Mit dem Zeigefinger ihrer rechten Hand, den sie an ihren Mund legte, gab sie mir zu verstehen, dass ich leise sein sollte. Wortlos putzte sie mir schnell die Zähne, dann öffnete sie langsam die Knöpfe ihres Kittels.

„Oh, mein Gott", staunte ich mit großen Augen. Unter ihrem Kittel war sie splitternackt.

„Gefällt Dir, was Du siehst?" fragte Helena und fuhr sich mit der rechten Hand durch ihr dichtes lockiges Schamhaar. Das konnte ich mir eigentlich denken, dass sie nicht rasiert war, auch unter den Achseln nicht, denn als ich sie zum ersten Mal sah, ordnete ich sie gleich ein in die Schublade: Hippie/Körnerfresser. Aber ich war überrascht und freute mich. Ich stehe auf natürliche Frauen und so hauchte ich ein leises „Jaaaa" über meine Lippen.

Helena setzte sich auf mein Bett und knutschte mich auf den Mund. Dann nahm sie eine ihrer Brüste in beide Hände und drückte sie mir ins Gesicht. Ich nuckelte an dem Nippel ihrer Brustwarze und ärgerte mich riesig, dass ich keine meiner Hände zu Hilfe nehmen konnte. Mein Schwanz ragte senkrecht in die Höhe und wartete sehnsüchtig auf die

Ente. Doch stattdessen stieg Helena auf mein Bett und senkte ihre behaarte Möse langsam über meinen Schwanz. Mit ihrer rechten Hand dirigierte sie ihn professionell in ihre mittlerweile tropfnasse Spalte. Ich vernahm einen leisen Glücksseufzer. Helena genoss es, meinen großen Schwanz, der sie gänzlich ausfüllte, in ihrer verlangenden lustvollen Grotte zu spüren. Langsam bewegte sie sich auf und ab. Sie hatte Angst, mir weh zu tun.

Das war vielleicht ein Wahnsinnsgefühl, nach so langer Zeit wieder mal in einer Möse zu stecken. Das Gefühl war so intensiv, dass ich zu Helena sagte: „Lange halt ich das aber nicht aus."

„Macht nichts. Wir können ja dann noch mal", keuchte sie.

Und als sie sich schließlich über mich beugte und mir rechts und links ihre großen hängenden Möpse ins Gesicht schlenkerte, war es dann um mich geschehen. Helena hielt mir mit ihrer rechten Hand den Mund zu, um ein wenig mein Stöhnen zu unterdrücken und ich spritzte mehrmals in ihre Muschi. Wirklich ein geiles Gefühl. Doch jetzt musste ich aber endlich mal pinkeln.

„Sei mir nicht böse, aber ich muss mal. Bring mir bitte die Ente, sonst pinkle ich ins Bett!"

Helena stieg vorsichtig vom Bett. Doch zuvor nahm sie ein Zellstofftaschentuch vom Nachtschränkchen, das sie vorher weitblickend dort platzierte, und hielt es vor ihre Muschi. Aus einer Tasche ihres Kittels holte sie einen Slip und zog ihn an, dann auch den Kittel. Nun brachte sie endlich die Ente. Mein Schwanz war in der Zwischenzeit geschrumpft und Helena konnte ihn dieses Mal ohne Probleme in die Ente chauffieren. Sofort strullte ich los und als ich fertig war stellte sie die Ente in die Halterung am Bett.

Helena war nicht wiederzuerkennen. Sie lechzte regelrecht nach meinem Schwanz. Kaum hatte mein Penis die Ente verlassen, landete er in Helenas Mund. Und so dauerte es auch nicht lange, bis er wieder jene Größe erreicht hatte, die Helena soeben viel Freude bereitete. Hastig zog sie wieder ihren Slip aus, warf ihn weit fort und erneut setzte sie sich auf mich und führte meinen Schwanz in ihre lüsterne Möse. Wie ein wildes ausgehungertes Tier versuchte sie scheinbar unnütz vertane Zeit vergangener Wochen oder Monate nachzuholen. Bei aller Geilheit war sie jedoch stets darauf bedacht, mir nicht wehzutun. Dieses Mal war mein Stehvermögen besser und so konnte ich Helena zwei Mal zum Höhepunkt bringen. Immer wieder war ich glücklich, ihre pulsierende Möse zu spüren.

Es war Viertel nach sechs, als sie mein Krankenzimmer verlies und mir war klar: Helena ist die Frau fürs Leben. Und so kam es dann auch. Ein halbes Jahr später heiratete ich das „hässliche Entlein" namens Helena und wir sind glücklich bis zum heutigen Tag.

10. Private Verkaufsparty

Eigentlich sind wir ja immer fünf Frauen, übrigens alles Singles, die von Frau Simon, der mobilen Dessous-Verkäuferin halbjährlich besucht werden. Doch diesmal haben sich die anderen kurzfristig krank gemeldet, die Grippe grassiert wieder einmal. Kurzerhand rief ich bei der Verkäuferin an, doch sie meinte, dass sie bei mir notfalls auch eine *private* Verkaufsveranstaltung machen würde, wenn ich einverstanden wäre. Okay, sagte ich, da machen wir uns eben einen gemütlichen Abend zu zweit.

Um sieben Uhr abends klingelte Frau Simon an meiner Tür. Pünktlich war sie eigentlich immer, da konnte man sich auf sie verlassen. Mit zwei kleinen Koffern rückte sie bei mir an. Fünf Jahre machte Frau Simon das mittlerweile schon. Mit Ende dreißig hatte sie sich mit diesem Gewerbe selbstständig gemacht. Anfangs war es nicht einfach. Sie musste sich erst einmal einen Stammkundenkreis aufbauen. Die ersten zwei, drei Jahre verliefen recht mager, gestand sie uns einmal. Da blieb kaum was zum Leben übrig. Doch sie gab nicht auf, war immer optimistisch, arbeitete Tag und Nacht, um neue Kunden zu akquirieren. Der Erfolg ließ lange auf sich warten, doch die Mühe hat sich letztendlich gelohnt. Plötzlich, als sie ihre Verkaufsstrategie etwas änderte, wendete sich das Blatt, sagte sie. Doch weitere Einzelheiten verriet sie uns nicht. Mittlerweile hat sie einen großen Kundenkreis und kann ausgezeichnet von ihrem Gewerbe leben. Da kann man auch schon mal eine Sonderveranstaltung für nur einen Kunden zelebrieren.

Die Veranstaltungen macht Frau Simon immer ganz ordentlich. Sie ist tatsächlich eine gute Verkäuferin, erledigt ihren Job mit viel Routine und auch mit einem Quäntchen Humor. Ihre Kunden kennt sie inzwischen ganz genau und auch ihre Vorlieben. Bei mir weiß sie, dass ich auf reizvolle BHs und neckische Slips abfahre. Und so stellt sie mir auch fast ausschließlich derartige Teile vor. Natürlich, und das zeichnet einen guten Verkäufer aus, versucht sie auch mal andere Dessous anzupreisen. Manchmal sogar mit Erfolg.

Wie immer gibt es zur Präsentation und Anprobe einen kleinen Imbiss und dazu guten Wein. Diesmal langte ich richtig zu, kaufte gleich drei BHs und zehn Slips. Der Wein war schnell alle und wir beide waren in bester Stimmung. So machte Frau Simon den Vorschlag.

„Wollen wir uns nicht duzen?"

Ich hätte ihr ja schon längst das *Du* angeboten. Doch ich bin nun mal so erzogen worden, dass das Angebot immer der Ältere macht. Immerhin bin ich mit meinen fünfundzwanzig Jahren deutlich jünger. Ich war froh, dass sie heute endlich den Vorschlag unterbreitete.

„Na, klar", sagte ich sofort. „Ich bin die Doreen, aber das weißt Du ja bereits."

„Und ich die Yvonne", lachte sie.

Ich holte eine neue Flasche Wein und wir tranken Brüderschaft, so wie sie im Buche steht, mit Küsschen und verschränkten Armen.

„Doreen", sagte Yvonne plötzlich. „Und nun habe ich noch etwas ganz Besonderes für Dich. Ich glaube, es wird Dir gut gefallen." Dabei öffnete sie ihren zweiten Koffer.

„Oh, mein Gott", sagte sie auf einmal völlig verdutzt. „Da habe ich wohl vorhin den falschen Koffer gegriffen. Tut mir leid, aber da wird es nichts mit den tollen Sachen.

„Zeig mal, was ist denn in *diesem* Koffer?" fragte ich neugierig, so wie Frauen nun mal sind.

„Ach", stotterte sie. „Das ist eine andere Klientel."

„Zeig es mir doch mal! Vielleicht finde ich auch Gefallen daran."

Zum ersten Mal sah ich Yvonne verlegen. Langsam öffnete sie den Koffer und ... ich konnte meinen Augen nicht trauen. Sexy Dessous und Sexspielzeug. Das verstand sie also unter ‚veränderter Verkaufsstrategie'. Für einen kurzen Augenblick verschlug es mir die Sprache, dann schauten wir uns beide an und prusteten laut los vor Lachen.

Neugierig nahm ich einen Karton heraus, indem sich ein Gummipenis befand.

„Wieso kommst Du drauf, dass mir solche Dinge nicht gefallen würden?" fragte ich. „Und ob mir die gefallen."

„Dass die Dir gefallen, daran habe ich keinen Zweifel. Ich wollte vor Dir nur nicht in einem schlechten Licht erscheinen, da Du mich ja ausschließlich als Dessous-Verkäuferin kennst."

„Keine Sorge, ich werde es den Anderen nicht verraten. – Das ist ja ein dickes Ding. Eine Frage habe ich dazu. Die BHs kann man ja als Kunde ausprobieren. Wie verhält es sich eigentlich bei diesen Schwänzen?"

„Auf diese Frage habe ich gewartet. Natürlich können die Kunden bei mir generell alles ausprobieren."

Ich schaute Yvonne fragend an und sie sagte nur: „Na, probier doch mal! Ich habe auch noch andere Größen. Batterien sind drin. Ich kann Dir auch behilflich sein, wenn Du möchtest."

„Da muss ich aber erst noch einen Schluck Wein trinken."

Ich öffnete die Flasche und schenkte mir ein großes Glas ein. Yvonne wollte nichts mehr trinken, sie musste ja noch mit ihrem Wagen nach Hause fahren. In einem Zug trank ich das Glas aus und sagte: „Ich glaube, die Größe ist schon mal ganz gut."

„Los! Worauf wartest Du?" stachelte mich Yvonne an.

Ich zog meinen neuen Slip aus, den ich vor wenigen Minuten von Yvonne gekauft hatte und immer noch trug. Die prickelnde Situation hatte inzwischen die Produktion meiner Liebessäfte angeregt, sodass der Slip im Zwickel bereits recht feucht war. Ich legte mich auf die Couch und öffnete die Beine.

„Ich schäme mich etwas vor Dir", sagte ich zu Yvonne.

„Warum schämst Du Dich? Vor mir brauchst Du Dich nicht zu schämen. Das ist doch alles menschlich. Schließlich möchtest Du doch nicht die Katze im Sack kaufen. Außerdem sind wir ja sozusagen unter uns, niemand kann uns zuschauen. Wenn es Dich beruhigt, zieh ich mich auch aus."

„Oh ja", sagte ich.

Yvonne begann sich nun auch zu entkleiden. Sie war eine sehr hübsche Frau. Ihre brünetten Haare reichten ihr bis zur Schulter, ihre Brüste waren straff aber nicht zu groß, ihre Muschi hatte sie, bis auf einen kleinen dünnen Streifen rasiert und ihre Figur war fraulich, aber nicht dick.

Ich dagegen bin blond und sehr schlank, meine Möse ist total rasiert und meine Brüste sind eher knabenhaft, aber meine Nippel stehen immer hart und spitz hervor. So richtig zufrieden bin ich nicht mit meinen Brüsten und oft denke ich darüber nach, ob ich mit größeren Brüsten mehr Erfolg bei Männern hätte und in meinem Alter längst nicht mehr Single wäre. Alle Freunde, die ich bisher hatte, verließen mich, ohne mir den wahren Grund zu nennen. Ich redete mir dann immer ein, es würde an meinen Brüsten liegen. Schon lange überlege ich, ob ich mich nicht operieren lassen sollte. Doch dann rede ich es mir immer wieder aus. Wer mich liebt, der liebt mich auch mit kleinen Brüsten. Außerdem ist es für mich bequemer. Wenn ich sehe, was einige meiner Freundinnen mit großen Brüsten für Rückenprobleme haben, da bin ich froh, nicht so viel Ballast mit mir herum tragen zu müssen.

Ich hauchte dem Gummischwanz Leben ein, indem ich ihn einschaltete und spürte sofort ein leichtes Vibrieren. Dann drehte ich an dem Rädchen und das Vibrieren wurde stärker. Zunächst massierte ich damit meinen kleinen Kitzler. Recht schnell öffneten sich erwartungsvoll meine Schamlippen und meine Säfte flossen. Ich platzierte die Spitze des Schwanzes an meinem aufgeblätterten Geschlecht und mit einem leichten angenehmen Druck führte ich das summende Teil ein. Zunächst nur ein ganz klein wenig und zog ihn gleich wieder heraus. Das Spiel wiederholte ich nun einige Male und bei jedem Mal drang der Schwanz ein wenig tiefer in mich hinein.

Yvonne beobachtete mich dabei aufmerksam und ich vernahm, dass sie dabei ihre Muschi streichelte und den Mittelfinger ihrer rechten Hand in ihre Vagina steckte. Ich schloss die Augen und genoss die wohltuenden Vibrationen.

Auf einmal spürte ich, wie Yvonne mit ihrem Mund meine Brüste liebkoste und an meinen Nippeln spielte. Ich zuckte kurz zusammen und öffnete die Augen, damit hätte ich nicht gerechnet.

Sie kniete vor der Couch und hauchte mir ins Ohr: „Mir gefallen Deine Brüste."

Yvonnes lesbische Neigungen ließen mich jedoch nicht aus der Fassung bringen. Ich ließ es geschehen, es war mir ja auch nicht gerade unangenehm. Yvonnes Zärtlichkeiten ergänzten auf angenehme Weise meine eigene intensive Stimulation meiner Vagina.

„Du machst das sehr schön. Ich finde, das ist das richtige Spielzeug für Dich", meinte Yvonne.

„Der ist schon gekauft. Den Test hat er so gut wie bestanden", stöhnte ich.

„Ich habe eine prima Idee", flüsterte Yvonne. „Unterbrich Deinen Test bitte mal für einen kurzen Augenblick."

Davon war ich natürlich überhaupt nicht begeistert. Etwas verdutzt sagte ich: „Das meinst Du doch jetzt nicht im Ernst?"

Ich stand nämlich kurz vor dem Höhepunkt. Beinahe wäre ich im siebten Himmel gewesen. Etwas frustriert zog ich den nassen Vibrator aus meiner Schnecke und fragte: „Was ist denn?"

Da sah ich, wie Yvonne einen langen Schwanz mit zwei Eicheln, eine vorn, die andere hinten, in der Hand hielt.

„Hier haben wir beide etwas davon", sagte sie und lächelte mich an. „Komm, wir legen uns auf den Teppich!"

Wir legten uns also auf den Boden und fädelten unsere Beine so ein, dass sich unsere Schnecken beinahe berührten. Yvonne nahm das entgegengesetzte Ende des Schwanzes und sagte: „Ich fang dann schon mal bei mir an, wenn Du nichts dagegen hast."

Mit dem Zeige- und Mittelfinger ihrer linken Hand spreizte sie die großen Labien ihrer verlangenden tropfenden Möse und mit der rechten Hand führte sie langsam den langen Schwanz in ihre Vagina. Dann forderte sie mich auf: „Und jetzt Du!"

Nun tat ich das Gleiche mit der anderen Seite des Schwanzes und ich dachte insgeheim. *Nicht nur die Wurst hat zwei Enden, auch dieser Gummischwanz.* Ich hatte keine Mühe, mir das Mordsteil einzuführen. Ich war von dem anderen Schwanz immer noch gut geölt. Er flutschte ohne Probleme in meine Spalte und wir fingen an, uns gegenseitig zu befriedigen, indem wir uns hin und her und auf und ab bewegten. So richtig gefiel mir das Ganze aber nicht, es war ziemlich unbequem, da unten auf dem Fußboden, und so bat ich Yvonne nach wenigen Minuten: „Komm, lass uns aufhören! Wenn Du möchtest, nimm bitte wieder den anderen Schwanz und hilf mir, den Test zufriedenstellend zu beenden!"

„Okay, wenn Dir das besser gefällt."

Ich zog den langen Schwanz aus meiner Vagina und legte mich wieder auf die Couch. Yvonne kniete sich vor mich, das andere Ende des Gummischwanzes steckte immer noch tief in ihrer Grotte. Sie nahm den kleineren Dildo, schaltete ihn ein und führte in langsam und gefühlvoll in meine dürstende Pussy. Ich schloss erwartungsvoll meine Augen und ließ mich von ihr verwöhnen. Während Yvonne mich leidenschaftlich küsste, besorgte sie es mir heftig mit dem Dildo, den sie auf die höchste Vibrationsstufe gestellt hatte. Gleichzeitig bewegte sie den langen Schwanz in ihrer großen nassen Muschi. Schon nach kurzer Zeit vibrierte nicht nur der Dildo in mir, sondern pulsierten auch die Muskeln meiner Vagina. Nun nahm Yvonne den Schwanz aus meinem nassen lustgierigen Geschlecht und legte sich auf den Teppich.

„Komm, wir wollen uns gegenseitig verwöhnen", bat sie mich fordernd.

Ich kauerte mich verkehrt herum über sie, sodass Yvonne meinen feuchten Schoß bequem mit dem Mund erreichen und meinen zuckenden Unterleib mit ihrer Zunge liebkosen konnte. Langsam senkte ich meinen Kopf über ihre Scham. Mit einer Hand hielt ich ihre geschwollenen Schamlippen auseinander, mit meinem Mund kostete ich das süße Nass ihrer Lust und meine flinke Zunge umspielte ihre nimmersatte Liebesknospe. Schon bald war auch Yvonne auf dem Höhepunkt ihrer Lust und ihre Erregung schoss unter einem ekstatischen Stöhnen ungehindert aus der Mitte ihrer Weiblichkeit. Begierig nahm ich ihren Nektar in mich auf und ließ auch meinen Säften freien Lauf, die Yvonne in den Mund tropften. Nachdem wir beide wohl einen der heftigsten Orgasmen unseres Lebens erlebt und genossen hatten, verharrten wir noch minutenlang in dieser etwas unbequemen Position, bis wir uns schließlich voneinander lösten, uns duschten und noch ein letztes Glas Wein zusammen tranken.

Das war also unsere Verkaufsveranstaltung. Die nächste Veranstaltung verlief dann wieder wie gewohnt und alle wunderten sich, dass wir uns auf einmal duzten.

Wenn Yvonnes private Verkaufsveranstaltungen der anderen Sorte immer so ablaufen, dann überlege ich mir ernsthaft, ob ich nicht lieber meinen Beruf wechseln sollte.

11. Frivole Spiele in der Öffentlichkeit

Ich weiß nicht, ob Sie das kennen oder ob Sie das auch schon mal erlebt haben? Bei mir vergeht keine Stunde, in der ich nicht an Sex denke. Das war aber nicht immer so. Erst als ich Dirk kennengelernt habe. Das war vor etwa sechs Monaten, Ende Februar. Wir haben uns, wie man so schön sagt, gesucht und gefunden. Bei uns stimmt einfach alles und wir sind verrückt auf uns, könnten den ganzen Tag nur Sex miteinander haben. Mindestens zwei Mal am Tag schlafen wir miteinander, meistens früh morgens und abends vor dem Schlafengehen. An den Wochenenden kommen dann noch diese spontanen Akte dazu, die uns jedoch schon sehr oft in peinliche Situationen gebracht haben, weil wir dabei gestört worden sind. Von zwei peinlichen Erlebnissen möchte ich Ihnen nun berichten.

Das erste Mal so richtig blamiert haben wir uns im Wald. Eigentlich denkt man da ja, man hätte alles im Griff, es kommt sowieso keiner und, wenn doch, dann sieht man ihn rechtzeitig. Doch bei uns kam alles ganz anders. Wir schlenderten gemütlich einen Waldweg entlang, es war still, nur die Vögel zwitscherten und ein Kuckuck klopfte mit seinem Schnabel an einen Baum. Da sagte Dirk plötzlich: „Du, Lisa, da vorn ist eine Bank. Lass uns mal fünf Minuten ausruhen." Dabei lachte er spitzbübisch und mir war sofort klar, was er schon wieder im Schilde führte.

„Von mir aus", antwortete ich und wir setzten uns auf die Bank. Dirk nahm mich in den Arm und küsste mich leidenschaftlich.

„Das Wetter ist so herrlich heute, da bekommt man so richtig Lust auf …", sagte Dirk.

„Lust auf was?" fragte ich, lächelte ihn an und gab ihm somit zu verstehen, dass ich seinen Plan durchschaut hatte.

Langsam wanderte seine linke Hand unter mein T-Shirt und streichelte zärtlich meine Brüste. Ich trug an diesem Tag wieder mal keinen BH. Ich trage eigentlich selten einen. Erstens fühle ich mich ohne BH viel freier, nicht so eingeengt und zweitens wurde ich von Natur aus mit zwei sehr knackigen, wohlgeformten und gut proportionierten Brüsten ausgestattet, die ich wirklich nicht zu verstecken brauche und die hüllenlos Männerherzen rasend machen können. Und das ist nicht übertrieben.

Als sich Dirk so hingebungsvoll mit meinen Brüsten beschäftigte, flüsterte ich und schob dabei mein Röckchen ein wenig nach oben: „Da gibt es noch eine Stelle, die gern verwöhnt werden möchte."

Dirk kapierte sofort und im Nu dirigierte er seine linke Hand unter meinen Rock. Ich spreizte meine Schenkel, sodass er freien Zugang zu meiner lüsternen Mitte hatte.

„Zieh doch Deinen Slip aus!" bat er mich inständig.

Im Handumdrehen hatte ich meinen feuchten Slip in der Hand und hielt ihn Dirk unter die Nase. Er fasste ihn mit beiden Händen und roch begierig den intensiven Duft meiner Muschi. Ich öffnete in der Zwischenzeit den Gürtel und den Reißverschluss seiner Jeans. Dann zog Dirk Jeans und Slip aus und ich sah, dass sein Schwanz bereits auf Hochtouren lief.

„Komm schon!" keuchte er, so als ob er es nicht mehr länger aushielt. Ich setzte mich auf seinen Schoß, umklammerte mit meiner rechten Hand sein ‚Bestes Stück' und führte es mir langsam ein. Mit geschlossenen Augen bewegte ich mich langsam und genussvoll auf und ab und wir glaubten uns im siebten Himmel. Meine Säfte flossen nur so aus mir heraus und tropften auf die Bank. Zielsicher steuerte ich auf den Orgasmus zu und auf dem Höhepunkt der Lust schrie ich laut alles aus mir heraus, während meine Muschi pulsierte und auch Dirk sich laut stöhnend in mir entlud.

Als ich wenig später meine Augen öffnete, standen vor uns zwei ältere Leute und hielten beide einen jeweils halbvoll mit Pilzen gefüllten Korb in der Hand.

„Oh mein Gott", erschrak ich und schnappte mir schnell Dirks Hose, um uns damit notdürftig zu bedecken. „Sie haben mich vielleicht erschreckt. Was machen *Sie* denn hier?"

„Sehen Sie das nicht? Pilze suchen", antwortete mir die ältere Frau.

„Ach so und warum stehen Sie da vor unserer Bank und sind nicht im Wald?"

„Entschuldigen Sie bitte, aber wir dachten, Ihnen geht es nicht gut, weil wir solche merkwürdigen Geräusche gehört haben."

„Merkwürdige Geräusche? Sie haben wohl vergessen, was das für Geräusche sind?"

„*Was* meinen Sie da?" fragte der ältere Mann etwas gekränkt.

„Schon gut. Bei uns ist alles in Ordnung. Uns geht es gut. Wir haben nur ein wenig Sport gemacht."

„Dann entschuldigen Sie die Störung. Machen Sie weiter."

Das nächste Mal liefen meine frivolen Liebesspiele nicht so glimpflich ab. Ja, Sie haben richtig gehört, ich sagte *meine*. Ich war nämlich allein, ohne Dirk. Ich habe immer schon mal davon geträumt, einmal eine Verkäuferin während ihrer Arbeit zu verführen. Dies bedurfte jedoch einer mehrwöchigen intensiven Vorbereitungsphase. Mehrmals inspizierte ich sämtliche Abteilungen unserer Kaufhäuser und studierte die Verhaltensweisen und Reaktionen der Verkäuferinnen. Schließlich guckte ich mir eine von ihnen aus, die meinen Vorstellungen entsprach und von der ich der Meinung war, dass sie „mitspielen" würde.

Sie war schon etwas reifer, etwa um die vierzig, hatte eine frauliche aber dennoch schlanke Figur und schwarze, sicher gefärbte, lange glatte Haare. Sie war stets sehr auffällig gekleidet und immer freundlich und zuvorkommend. Wenn Sie mich fragen, warum ich mir gerade sie ausgesucht habe, dann kann ich nur erwidern, es war das ominöse Bauchgefühl einer Frau, das ich bei ihr hatte.

Ich wusste jedoch genau, dass ich es mit einem Versuch nicht schaffen würde und plante drei oder vier Versuche ein. Beim ersten Versuch probierte ich in einer Umkleidekabine mehrere BHs an und rief immer wieder die Verkäuferin, Frau Barthel, wie ich auf ihrem kleinen Schild las. Bei der zweiten Anprobe sagte ich zu ihr: „Fühlen Sie doch mal, was da noch für Luft ist!" nahm ihre Hand und führte sie an meine Brust.

Und siehe da, ihre Reaktion warf mich fast von dem kleinen Hocker in der engen Kabine.

„Sie sind ja lustig. Lassen sich von mir einfach an den Busen fassen", dabei prüfte sie ausgiebig und gründlich den

Sitz des BHs. „Bei ihren Brüsten kann man ja richtig neidisch werden. Wissen Sie, dass ich noch nie solche wohlgeformten Brüste in den Händen hielt. Nicht mal meine hatten so eine tolle Form, als ich noch in ihrem Alter war."

Ich lächelte sie an und sagte: „Oh, Danke! Das hört man gern. Mein Freund ist auch gegeistert."

„Das kann ich mir vorstellen. Ach, so jung möchte ich auch noch mal sein. Aber mal ganz im Ernst, dieser BH ist Ihnen zu groß. Warten Sie, ich hole eine Nummer kleiner."

Ich zog das Teil aus, Frau Barthel nahm es mit und wenig später brachte sie mir den gleichen BH, nur eine Nummer kleiner. Der passte und ich beendete mein Spielchen mit Frau Barthel. Man soll nicht gleich mit der Tür ins Haus fallen. Mir war jedoch klar, dass ich bis zu meinem nächsten Erscheinen nicht so viel Zeit verstreichen lassen durfte.

Als ich etwa eine Woche später wieder in der Dessous-Abteilung auftauchte, erkannte mich Frau Barthel sofort wieder und fragte: „Na, hat Ihrem Mann der BH gefallen?"

„Und ob", antwortete ich. „Er bat mich gleich, meine alten wegzuwerfen und dafür noch ein paar solche sexy Teile zu kaufen. Deshalb bin ich wieder hier. Vielleicht finde ich auch gleich ein paar neckische Slips dazu."

„Na, da wollen wir mal schauen", meinte Frau Barthel und machte sich auf die Suche. „Kommen Sie bitte!"

Wie es sich für eine gute Verkäuferin gehört, hatte sie auch bald ein paar reizende Teile gefunden.

„Probieren Sie *die* doch mal an! Ich komme dann schauen, wenn Sie soweit sind."

Das fing ja schon mal gut an. Ich ging in die Kabine und zog mich erst einmal nackt aus und wartete. Als Frau Barthel kam, durch den Vorhang in die Kabine schaute und mich noch nackt sah, meinte Sie: „Oh, Sie sind noch gar nicht fertig. Da komme ich später noch mal."

„Nein, bleiben Sie doch hier! Sie können mir bitte mal helfen. Kommen Sie doch rein!"

Etwas zögerlich betrat sie die Kabine und flüsterte: „Die Frau mit dem reizvollen Busen. Darf ich noch mal anfassen?"

„Klar, machen Sie", sagte ich und drehte mich mit dem Rücken zu ihr.

Dann spürte ich ihre Hände auf meinen Brüsten, wie sie mich zärtlich streichelten. Meine Knospen wurden sofort hart und ich fragte: „Darf ich bei Ihnen auch mal?"

„Helene, sag einfach Helene zu mir!" hauchte sie mir ins Ohr. „Und wie heißt Du?"

„Lisa."

Sie knöpfte ihre Bluse auf, zog sie aus und öffnete den Verschluss ihres BHs, der auf der Vorderseite angebracht war. Im Verhältnis zu ihrem schlanken Körper, waren ihre Brüste recht groß, hingen jedoch bereits etwas schlaff nach unten. Ich kauerte mich und nahm eine der Brüste in die Hand und schleckte an ihren Brustwarzen. Mit der anderen Hand hielt ich mich an ihrem Bein oberhalb des Knies fest. Genau oberhalb meiner Hand endete ihr schwarzer Rock. Langsam wanderte meine Hand unter ihren Rock und schon nach ein paar Zentimetern fühlte ich den Gummi ihrer schwarzen halterlosen Strümpfe.

„Was machst Du da?" fragte mich Helene. „Das dürfen wir nicht. Wenn und jemand sieht. Da bin ich meinen Job los."

„Keine Angst, hier sieht uns niemand", versuchte ich Helene zu beruhigen und meine Hand wanderte zwischen ihren Schenkeln weiter nach oben und ich spürte die leichte Feuchte.

„Zieh mir den Slip aus!" bat mich Helene und raffte ihren Rock.

Mit beiden Händen zog ich ihr den Slip nach unten und fühlte, wie feucht er bereits im Schritt war. Ihre Scham war glatt rasiert und ihre großen Lippen waren weit geöffnet, so als sehnten sie sich, von mir verwöhnt zu werden. Begierig tauchte ich meine Zunge in ihr nasses Geschlecht, trank ihren Nektar, der aus ihrer Mitte rann und hörte Helene leise wimmern. Mit beiden Händen hielt sie meinen Kopf und drückte ihn fest an ihre lustgierige Weiblichkeit.

Wir vergaßen die Welt um uns herum, vergaßen, dass wir uns ja eigentlich in einer Umkleidekabine eines Kaufhauses befanden, vergaßen unseren Altersunterschied von zwanzig Jahren und vergaßen auch, dass wir beide Frauen waren. Leise triumphierte ich über meinen Erfolg und war auch ein wenig stolz auf mich.

Ich blickte nach oben uns sah, wie ihre Brüste aufreizend schaukelten. Nun tauchte ich zwei Finger meiner rechten Hand in die Tiefe ihrer nassen Grotte und massierte fordernd jene Stelle in ihrem Innersten, welche ihr die größte Lust verschaffte. Gleichzeitig züngelte ich über ihre geschwollene Klitoris. Und schon spürte ich das rhythmische Pulsieren in ihrer Vagina. Die Lustsäfte flossen schwallartig an ihren Beinen herunter und machten sie nass bis zu den Knien.

Plötzlich hörte ich eine Stimme: „Frau Barthel, sind Sie hier in der Kabine."

Es war wie das morgendliche Klingeln eines Weckers. Umgehend waren wir zurück in der harten Wirklichkeit. Helene erkannte die Stimme sofort, es war die Stimme ihres Chefs. Zutiefst erschrocken zog sie sich rasch das Höschen wieder nach oben und völlig außer Atem sagte sie: „Ja, ich bin hier."

„Was machen Sie denn hier drin?" wunderte sich ihr Chef, lugte am Vorhang vorbei und sah uns beide halb nackt und völlig außer Atem in einer ziemlich eindeutigen Situation. Sofort schloss er den Vorhang wieder und sagte: „Das kann doch nicht ihr Ernst sein. Das hat noch ein Nachspiel, Frau Barthel."

Helene verließ betrübt die Kabine mit hochrotem Kopf und ich probierte die BHs und die Slips nicht mehr an. Ich winkte Helene mit einem traurigen Gesicht noch einmal kurz zu und machte mich anschließend wieder auf den Nachhauseweg.

Als ich nach zwei Wochen mal wieder in dieser Abteilung vorbei schaute, war Helene immer noch da. Wir begrüßten uns freundlich und ich fragte: „Wie sah denn eigentlich das Nachspiel aus."

„Ach", antwortete sie mit einem verschmitzten Lächeln auf den Lippen. „Wir konnten uns schnell auf eine Strafe einigen."

Da brauchte ich nicht lange zu überlegen, wie das ganze geendet hat.

Dirk erzählte ich von meinem Sexabenteuer nichts, ich wollte ihn nicht unnötig eifersüchtig machen. Das war jedoch auch mein einziges Erlebnis, welches ich mit Frauen hatte.

Das nächste peinliche Erlebnis in der Öffentlichkeit hatte ich wieder mit meinem Freund Dirk. Diesmal landeten wir sogar auf dem Polizeirevier. Doch wie es dazu kam, erzähle ich Ihnen in einer meiner nächsten Geschichten.

12. Schamlose Mutter und ihre Tochter

Die Tür schlug hinter mir mit einem lauten Geräusch ins Schloss. Das war's. Das war mein letzter Tag mit Jasmin. Es hat keinen Zweck mehr mit uns. Das wird mir alles zu viel. Ich möchte jetzt nicht behaupten, dass es mir mit ihr nicht gefallen hat. Nein, es machte mir teilweise sogar mächtigen Spaß, aber auf die Dauer könnte ich zwei Frauen nicht zufrieden stellen.

Ach ja, Sie wissen ja gar nicht, worum es geht. Also fange ich mal ganz am Anfang an. In der Disko lernte ich Jasmin kennen, achtzehn Jahre, dunkle Haare, hübsch und sehr gut gebaut. Ich war sofort in sie verknallt und Jasmin auch in mich. So dauerte es auch nicht lange, bis sie mich mit zu sich nach Hause nahm. Das erste Mal schlichen wir uns noch nachts heimlich in ihre Wohnung. Sie lebte allein mit ihrer fünfunddreißig Jahre alten Mutter, die sich ein Jahr zuvor von ihrem Mann, also Jasmins Vater scheiden ließ.

Am nächsten Morgen, es war an einem Sonntag, stellte Jasmin mich dann ihrer Mutter vor. Das war vielleicht der Hammer. Man konnte denken, sie wären Zwillingsschwestern. Die gleiche Haarfarbe und Frisur, die gleiche Figur und Größe und auch Jasmins Mutter war sehr hübsch. Klar, von der Nähe sah man, dass sie etwas älter war, aber von weitem erkannte man kaum einen Unterschied. Ich fand es toll.

Wenige Tage später passierte es dann. Es war die Nacht vom Samstag zu Sonntag. Ich musste dringend pinkeln, stand noch etwas schlaftrunken auf und ging ins Bad. Draußen dämmerte es bereits und ich machte im Bad kein Licht an. Plötzlich sah ich, dass Jasmin vor dem Waschbecken stand und sich die Hände wusch.

„Hallo Schatz, ich dachte, Du liegst neben mir im Bett", sagte ich verwundert, stellte mich hinter sie, legte meine Hände um ihren Körper und nahm ihre beiden Brüste in die Hände. Dabei küsste ich ihren Nacken und ihren Hals. Als meine Hände dann nach unten wanderten, bekam ich den Schreck meines Lebens. Ich fühlte Haare, Schamhaare. Im Prinzip nichts Besonderes. Eigentlich habe ich noch nie einen Schreck bekommen, wenn ich Schamhaare angefasst habe. Denn in dieser Gegend, dort, wo die Beine aufhören, sind sie recht häufig verbreitet. Doch nicht bei Jasmin. Jasmin war glatt rasiert, wie ein Kinderpopo. Schnell kapierte ich, es war Theresa, Jasmins Mutter.

„Oh, Pardon, tut mir leid. Eine Verwechselung. Ich geh schon wieder", sagte ich völlig verdutzt und musste mich erst einmal in den Arm zwicken, um sicher zu gehen, dass ich nicht träumte.

Blitzschnell drehte sich Theresa zu mir um, schnappte mit beiden Händen meinen Kopf und küsste mich leidenschaftlich. Dann nahm sie meine rechte Hand und führte sie wieder an ihre Muschi. Mit der anderen Hand schloss sie den Riegel der Badtür.

„Pst!" sagte sie. „Leise! Gefällt Dir mein Busch, Felix?"

„Ich war total verwirrt. Wusste nicht, was mit mir geschah, was ich darauf antworten sollte. Ich war doch Jasmin's Freund. Doch andererseits reizte es mich natürlich auch einmal, eine etwas ältere Frau zu vernaschen, zumal sie geil war, wie Nachbars Lumpi. Das verriet mir ihre klatschnasse Spalte.

„Du bist verrückt!" sagte ich. „Wenn Jasmin was mitbekommt."

„Die hat einen tiefen Schlaf, die kriegt nichts mit. Und wenn schon, wir sind beide sehr tolerant."

Das klang so, als ob es nicht das erste Mal war, dass sie Jasmin's Freunde verführte. Ein ganzes Jahr ohne Mann, das hält doch keine Frau aus, zumal, wenn sie noch relativ jung und ausgesprochen hübsch ist.

Ich drückte sie fest an mich und spürte, wie mein Schwanz immer mehr anschwoll. Theresa nahm ihn gleich in die Hand und sagte: „Nicht übel."

Ich lächelte sie an und meinte: „Gefällt er Dir?"

Sie kniete sich vor mich und sagte: „Genau mein Geschmack." Dann nahm sie ihn in den Mund und ich merkte sofort, dass sie, im Gegensatz zu Jasmin, bei der ich das eine oder andere Mal ihre scharfen Zähnchen spüre, eine erfahrene Frau war. Sie wusste genau, wie sie meinen Schwanz handhaben musste, um ihn so gut, wie es geht zu verwöhnen. Im Nun war ich drauf und dran, ihr in den Mund zu spritzen, doch Theresa roch den Braten schnell, stand wieder auf, drehte sich um und bückte sich etwas nach unten, sodass ich deutlich ihr behaartes Lustzentrum sehen konnte.

„Komm, nimm mich, Felix! Ich brauche das jetzt", flehte sie mich sehnsüchtig aber flüsternd an.

Mit beiden Händen drückte ich etwas ihre Pobacken auseinander, sodass ihre nasse Spalte sich noch weiter für mich öffnete. Langsam aber zielsicher dirigierte ich meine

Lanze in ihren gierigen Schlund. Ein kurzes Jauchzen verriet mir, dass ich auf dem richtigen Weg war und, dass es Theresa große Lust bereitete. Erst langsam, dann immer schneller wurden meine Stöße und ihre großen Brüste schaukelten im gleichen Takt. Theresa hielt sich ein Handtuch vor den Mund, um ihre ekstatischen Laute zu dämpfen. Schnell kamen wir beide zum Orgasmus und ich vernahm, wie ihre pulsierende Vagina meinen Schwanz melkte. Ich verströmte mich bis zum letzten Tropfen in ihr. Als sie sich wenig später wieder zu mir umdrehte, sah ich in ihrem Gesicht, wie glücklich ich sie gemacht habe.

Sie setzte sich aufs Klo, pinkelte zunächst und wischte sich dann mit Papier alles wieder trocken. Jetzt erinnerte ich mich, warum ich eigentlich hier war und setzte mich gleich nach ihr aufs Becken (Sitzpinkler!). Erst danach spülten wir, gaben uns noch ein Küsschen und gingen anschließend wieder in unsere getrennten Betten.

Am nächsten Morgen war es mir zunächst etwas peinlich. Doch Theresa nahm mir schnell meine Zurückhaltung. Sie wurde immer zutraulicher, nahm mich immer öfter in den Arm und knutschte mich auch ständig ab.

Wo war ich nur hier hingeraten, fragte ich mich. Habe ich jetzt etwa zwei Freundinnen? Zwei Frauen, die ich befriedigen muss? Das kann ja heiter werden.

Jasmin schien sich nicht daran zu stören, dass ihre Mutter immer intimer mit mir wurde. Auch nicht als sich Theresa nur mit einem Slip bekleidet an den Frühstückstisch setzte.

„Geht es bei Euch immer so freizügig zu?" fragte ich interessiert.

„Klar, wir finden da nichts dabei. Ist doch geil, sich so zu geben, wie Gott uns geschaffen hat."

Am nächsten Wochenende spitzte sich dann die Lage zu. Wir gingen an diesem Samstag ausnahmsweise mal nicht in die Disco und wollten uns einen gemütlichen Abend zu Hause bei Jasmin machen. Natürlich war ihre Mutter auch mit dabei.

Es war ein sehr schwüler Abend und wir suchten uns ein schattiges Plätzchen auf der Terrasse vor dem Haus. Obwohl es eigentlich viel zu warm dazu war, entschlossen wir uns, zu grillen. Es gab Bratwürste Schaschlik und Steaks und ich spielte den Grillmeister. Dazu gab es Salat, gefüllte Baguettes, Wein und Bier. Nach dem Essen stanken unsere Klamotten ganz schön nach dem Rauch der Holzkohle, wir waren alle ziemlich verschwitzt und Theresa hatte die grandiose Idee: „Komm lasst uns gemeinsam ein erfrischendes Bad nehmen!"

Jasmin war sofort hellauf begeistert: „Super Idee, Mutti."

Wir gingen hoch ins Badezimmer, Theresa drehte die beiden Wasserhähne über der großen sechseckigen Wanne mit Whirlpool-Funktion auf und während sich die Wanne langsam mit lauwarmem Wasser füllte, zogen wir unsere Sachen aus. Die beiden Frauen gingen nochmal Pipi machen und machten sich nichts draus, dass ich ihnen dabei zuschaute. Mein Schwanz wurde steif, wie eine Lanze.

Als wir dann endlich in der Wanne saßen, meinte Theresa: „Felix, Du hast am Grill den meisten Qualm abbekommen. Du musst Dich als erstes einseifen. Komm Jasmin, wir helfen ihm!"

Ich musste mich hinstellen, Jasmin und Theresa nahmen eine Handvoll Duschgel und schon spürte ich ihre Hände auf meinem ganzen Körper. Jasmin verrieb das Gel besonders intensiv in meiner Schamgegend und ich bekam wieder einen Ständer. Theresa war begeistert: „Dir scheint es ja zu gefallen mit zwei nackten Frauen zu baden. Du kannst uns jetzt auch einseifen!"

Da blieb mir wohl nichts anderes übrig. Ich fing bei Jasmin an und kümmerte mich nur um die wichtigsten Körperteile, wie die Brüste, die Genitalien und den Po. Theresa wartete bereits ungeduldig.

„Das reicht, jetzt bin ich dran", bat sie mich hektisch. Nun fing das gleiche Spiel bei Theresa von vorn an. Mit beiden Händen widmete ich mich ihren Brüsten.

„Ja, das ist schön. Schön massieren, das haben die gern", sagte sie und hielt meine Hände fest, damit ich sie nicht so schnell wieder wegnehme. Plötzlich spürte ich eine Hand an meinem erigierten Schwanz. Es war Jasmins Hand, die meine Lanze zärtlich bearbeitete. Theresa hielt mich unterdessen immer noch bei den Händen und führte sie weiter an ihrem Körper hinunter, bis zu ihrer behaarten Scham.

„Jetzt kümmere Dich um diesen Bereich!" forderte sie mich mit einem lasziven Lächeln auf. Sie ließ meine Hände los, ich nahm einen neuen Schwall Duschgel aus der Flasche und verrieb ihn zwischen Theresas Beinen. Wieder hielt sie mich an meinen Händen und drückte sie ganz fest an ihre Möse.

„Mach schon! Tu was!" bat sie mich mit einem lüsternen Blick.

Ich steckte meinen Mittelfinger in ihre nasse, von dem Gel glitschige, Spalte und hoffte, dass ich ihr es so recht machen würde.

„Ja, das ist gut", flohlockte sie. „Noch einen Finger!"

Ich nahm den Zeigefinger dazu und zusätzlich noch den Ringfinger. Ihre Vagina war sehr weit und ich hatte keine Mühe, in sie einzudringen. Jasmin bearbeitete unterdessen meinen Schwanz. Meine Erregung steigerte sich und ich war kurz davor, abzuspritzen.

„Mach es Jasmin von hinten!" forderte mich Theresa auf. „Ich will Euch zusehen. Du hältst es doch kaum noch aus."

Jasmin ließ meinen Schwanz los und drehte sich um, während sich Theresa auf den Beckenrand setzte. Mit beiden Händen drückte ich Jasmins Pobacken auseinander und erblickte ihre weit geöffnete, willige Vagina. Langsam drang ich in sie ein. Theresa sah uns begierig zu und massierte sich dabei mit der rechten Hand ihre Liebesperle, während drei Finger ihrer linken tief in ihrer Lustgrotte steckten und sie intensiv stimulierten. Meine Erregung war zu groß, um das Liebesspiel noch weiter ausdehnen zu können und so spritzte ich bereits nach wenigen Stößen meinen Saft in Jasmins Muschi.

„Komm jetzt her!" hörte ich Theresa rufen und es klang wie ein Befehl. „Nimm die Brause und richte sie auf meine Schnecke! Ich möchte, dass Du es mir auch machst."

Ich nahm die Brause aus der bereits ein starker lauwarmer Strahl kam. Theresa spreizte weit ihre Schenkel und zog sich mit beiden Händen ihre großen Schamlippen auseinander. Ich sah ihren geschwollenen Kitzler und das rosa

Fleisch ihrer lüsternen Möse. Ich zielte mit dem Strahl der Brause genau in ihre Mitte und versuchte sie damit zu massieren. Es dauerte nicht lange bis sie ihre ganze Lust aus sich herausschrie und ihr Unterleib anfing zu zucken. Ein Strahl ihres Liebessaftes traf mich mitten im Gesicht. Er schmeckte salzig und ich wusste, dass sie mich gerade vor lauter Geilheit anpinkelte.

Nun hatten wir alle unsere Freude gehabt und beendeten unser Bad. Nachdem wir uns abgetrocknet hatten, kam Theresa zu mir und fragte:

„Was hältst Du davon, wenn wir uns noch zehn Minuten in Bett legen und uns ausruhen?"

„Dagegen ist nicht einzuwenden", sagte ich und ahnte noch nicht, auf was ich mich da einließ. Kaum lagen wir alle drei im Bett, da fielen beide Frauen regelrecht über mich her, als hätten sie wochenlang keinen Sex gehabt. Zunächst bearbeiteten beide abwechselnd meinen Schwanz, um ihm wieder „auf die Beine" zu verhelfen. Als sie dies endlich geschafft hatten, setzte sich zunächst Theresa auf mich und zappelte, wie wild auf mir herum. Nachdem sie ihren ersten Höhepunkt hatte, reichte sie den „Staffelstab" weiter und Jasmin senkte sich auf meine Lanze. Theresa setzte nun noch einen drauf und kauerte sich über meinen Mund und ich sollte ihre nasse Grotte verwöhnen und daran schlecken. Ich sah ihren Liebessaft bereits aus ihrer Möse tropfen und öffnete meinen Mund um ihn aufzunehmen. Das war dann aber zu viel für mich. Ich konnte nicht mehr und entlud mich in Jasmins Möse. Jasmin jauchzte erfreut und ich spürte wie ihre Muskeln pulsierten.

Nachdem beide Frauen erst einmal gesättigt waren, legten sie sich rechts und links neben mich. Nach wenigen Augenblicken waren sie eingeschlafen und ich schlich mich leise aus dem Bett. Nachdem ich mich angezogen hatte, verließ ich die Wohnung und knallte laut die Tür hinter mir ins Schloss. Dann rannte ich die Treppe hinunter. Als ich aus der Haustür rauskam, hörte ich Jasmin aus dem Fenster rufen: „Felix, wo willst Du hin?"

Ich winkte nur kurz zurück, stieg auf mein Fahrrad und fuhr los, verschwand auf Nimmerwiedersehen. Das heißt, einmal rief Jasmin noch an, ich erklärte ihr den Grund meines unverhofften Abganges. Sie konnte mich jedoch nicht überreden, noch mal von vorn anzufangen.

13. Ohne Hemd und ohne Höschen

Eigentlich sollte es nur ein gemütlicher Ausflug in die Berge werden. Doch dann kam alles ganz anders. Ich wollte mich mit meiner Freundin Sandra an diesem ersten Wochenende im August ein wenig ausspannen und wir buchten vier Übernachtungen, also Freitag bis Dienstag, in einem Wellness-Hotel in Österreich. Das Viersterne-Hotel hatte alles zu bieten, was wir uns für ein Verwöhn-Wochenende vorstellten. Ein Hallenbad, Sauna, Fitnessraum und noch vieles mehr. Zu dieser Zeit waren wir beide wieder mal Single.

Bei einer Wanderung auf der Seiser Alm passierte es dann. Sandra stürzte und verletzte sich beim Fallen ihren rechten Daumen. Er blutete stark und wir hatten nichts zum Verbinden dabei. Da kam ich auf die rettende Idee, mein Höschen auszuziehen, es zu zerreißen und als Notverband zu missbrauchen. Lange Rede kurzer Sinn, nach wenigen Minuten war der Daumen verbunden, die Blutung gestoppt und ich unten herum nackt.

Ich musste also von nun an, weil ich ein recht kurzes Sommerkleid trug, etwas aufpassen beim Bücken oder hinsetzen, damit die anderen Wanderer nicht ungewollt meine Muschi zu Gesicht bekamen. Diese peinliche Begebenheit wird mir jedoch eine Lehre sein, bei den nächsten Wanderungen entsprechende Kleidung zu tragen. Zumindest lange Hosen.

Gegen 17:00 Uhr machten wir uns auf den Rückweg, denn wir mussten ja noch mit dem Sessellift nach unten fahren. Sandra fuhr im Sessel hinter mir. Wir winkten uns immer mal zu. Auf einmal gab es einen Ruck und der Lift stand still.

„Oh, mein Gott", rief ich laut, denn Lift oder Seilbahnfahren gehört nicht zu meinen Lieblingsbeschäftigungen. Dazu kommt eine latente Höhenangst, was mich darüber hinaus davon abhält mit dem Flugzeug zu verreisen. Zehn Minuten passierte erst einmal überhaupt nichts, dann gab es erneut einen Ruck und dann war wieder Ruhe. Nach weiteren zehn Minuten erreichte mich von unten die Nachricht, dass es wohl einen Stromausfall gab und man nun versucht, den Lift manuell zu bewegen. Der junge Mann vor bzw. unter mir rief es mir zu und ich gab die Botschaft an Sandra weiter.

Plötzlich durchzuckte es mich wie ein Blitz. Hat der junge Mann eben gesehen, dass ich kein Höschen anhabe? Nein, ich glaube, der Winkel ist zu steil. Er würde nur den Sitz sehen. Ich war erleichtert.

Nach weiteren zehn Minuten bewegte sich der Lift um etwa zehn Meter weiter und ich schöpfte neue Hoffnung. Dann blieb er wieder stehen. Mittlerweile meldete sich meine Blase, ich musste mal dringend pinkeln. Ich hätte *doch* vorher noch mal aufs Klo gehen sollen. Was sollte ich hier bloß machen? Ich rutschte etwas nervös auf meinen Sessel hin und her und Sandra rief zu mir herunter, sodass es auch der junge Mann auf dem Lift vor mir hören konnte: „Du musst wohl auch mal ganz dringend?"

Ich nickte bejahend und der junge Mann drehte sich ruckartig nach mir um. Sicher befürchtete er in Kürze Schlimmes.

Wieder bewegte sich der Lift einige Meter nach unten. Der Druck in meiner Blase stieg. Ich schaute nach unten und überlegte, wie die Flugbahn meines Urins wohl verlaufen könnte, wenn ich in diesem Augenblick einfach losstrullen würde. Im Prinzip sah es ganz gut aus. Wenn es senkrecht nach unten fällt, würde vielleicht niemand etwas mitbekommen. Der junge Mann dürfte sich natürlich nicht umdrehen, sonst würde er mich ja in meiner Not sehen.

Erneut bewegte sich der Lift um einige Meter. Auf einmal schien das Wetter umzuschlagen. In einem Wahnsinnstempo zogen dunkle Wolken heran und der Wind frischte bedenklich auf. Das hatte mir gerade noch gefehlt. Zu meinem dringenden Bedürfnis gesellte sich plötzlich Angst, ungeschützt in ein Unwetter zu geraten.

Wieder ging es zehn bis zwanzig Meter vorwärts. Der Druck in meiner Blase war kaum noch auszuhalten und ich beschäftigte mich mit dem Gedanken, es jeden Moment einfach laufen zu lassen. Es gab keine andere Möglichkeit. Es war ein Notfall und darüber hinaus allzu menschlich. Ich war mir sicher, dass ich nicht die Einzige auf diesem Lift war, die dieses dringende Bedürfnis verspürte. Was mir aber in diesem Moment auch nicht weiter half, denn die nächste kleinste Bewegung des Lifts würde ich mit Sicherheit nicht trocken überstehen.

Dieser alles entscheidende Ruck ließ nicht lange auf sich warten. So, als würde man einen Wasserhahn aufdrehen, schoss ein intensiver Strahl aus meiner Mitte. Da ich ja keinen Slip mehr trug, spritzte er ungebremst über den Sessel und welch ein Unglück, durch den heftigen Wind getrieben, landete der kleine Wasserfall genau auf dem jungen Mann vor mir. Sofort drehte er sich um und meinte: „Jetzt fängt es auch noch an zu regnen."

„Ja", rief ich ihm zu. „Und gleich so doll."

Mir war in diesem peinlichen Moment nicht klar, ob der junge Mann nur einen Spaß machte, oder ob er tatsächlich dachte, es würde regnen. Sandra musste es mitbekommen haben, dass ich pinkelte und kicherte sich halbtot. Wenig später konnte auch sie es nicht mehr halten und strullte. Von ihrem Höschen gebremst, wurde ihr Strahl in mehrere Richtungen abgelenkt. Einer traf unter anderem mich, ein anderer erneut den jungen Mann vor mir. Wieder drehte er sich um und ich zuckte nur mit den Schultern.

Nun war ich jedoch erst einmal erleichtert, das Unwetter zog auch vorbei und nach einer weiteren halben Stunde kamen wir in der Talstation an. Wir sahen, dass der junge Mann auf uns wartete und wir rechneten mit einem großen Donnerwetter. Um etwaigen Unannehmlichkeiten gleich aus dem Weg zu gehen, stellten wir uns vor, klärten ihn kurz über unser Missgeschick auf und entschuldigten uns umgehend. Christoph, so stellte sich der junge Mann vor, meinte lächelnd, es sei kein Problem und wir sollten uns darüber keine Gedanken machen, es würde Schlimmeres geben. Ich gab ihm meine Handynummer, und fragte, wie wir das Ganze wieder gutmachen könnten. Christoph meinte, er würde sich was einfallen lassen und uns telefonisch Bescheid geben. Dann verabschiedeten wir uns.

Am nächsten Tag rief Christoph tatsächlich an.

„Hallo Vivien, woher wusstet ihr, dass ich auf sowas stehe?"

„Wie, jetzt, auf sowas stehe?"

„Na, das mit dem Pinkeln."

„Du stehst auf anpinkeln, das ist ja krass", wunderte ich mich und flüsterte gleich Sandra ins Ohr: „Christoph ist dran, der steht auf anpinkeln."

„Ich habe mal eine große Bitte an Euch, wenn ihr etwas wieder gut machen wollt, so wie ihr es mir gestern angeboten habt", sprach Christoph weiter.

„Und die wäre?"

Kurze Pause.

„Und die wäre?" fragte ich ungeduldig.

Plötzlich klang er kleinlaut und schüchtern, wie ein kleiner Junge.

„Könnt ihr mir von Euch beiden ein nasses Höschen schicken. Ich wohne in ...“

„Warte mal kurz!" sagte ich und stimmte mich kurz mit Sandra ab. „Der will einen vollgepinkelten Slipp von uns beiden. Was machen wir?"

„Das ist ja geil", flüsterte sie. „Also ein Perverser."

„Vielleicht sollten wir uns mal mit ihm treffen und ihm die ‚Ware‘ frisch servieren?" schlug ich vor.

„Oh, ja", war Sandra begeistert. „Man muss alles einmal mitgemacht haben."

„Pass auf, das ist doch viel zu umständlich. Wir treffen uns morgen 11:00 Uhr am Ortsausgang von Gurgl und gehen ein Stück spazieren. Dabei können wir Deinen Wunsch live erfüllen und Du bekommst die Ware frisch von der Quelle serviert. Du brauchst nur eine wasserdichte Plastiktüte mitbringen, für die nassen Höschen."

Christoph war begeistert und ging sofort auf unseren Vorschlag ein. Als wir am nächsten Tag am Treffpunkt ankamen, wartete Christoph bereits auf uns.

„Schön, dass ihr gekommen seid. Ich dachte schon, ihr verarscht mich", freute er sich auf unser Erscheinen.

„Wir doch nicht", sagte ich scherzhaft und lächelte. „Ich schlage vor, wir gehen hier entlang", und zeigte auf einen Wanderweg, bei dem wir einen guten Einblick hatten und auf dem nur ganz vereinzelte Wanderer auszumachen waren.

Sandra und ich trugen heute jeweils einen kleinen Rucksack mit Getränken und Verpflegung mit uns und natürlich auch ein Ersatzhöschen. Eigentlich wollten wir ja Jeans anziehen, doch in Anbetracht unseres Vorhabens wären die nicht so vorteilhaft gewesen und so entschlossen wir uns erneut ein Kleid anzuziehen.

Christoph war eigentlich ein ganz lustiger Typ. Wir kamen schnell mit ihm ins Gespräch und merkten, dass zwischen uns die Chemie stimmte. Natürlich erzählte er uns auch, wie er zu seiner feuchten Vorliebe kam und wir fanden seine Ausführungen sehr interessant. Plötzlich werteten wir Pinkelspiele nicht mehr als pervers oder abartig, sondern als Bereicherung des Sexlebens, wie es ja auch bei vielen Tieren der Fall ist. Man denke nur an Elche.

Nach einer Stunde wandern glaubte ich, eine günstige Stelle für unsere feuchte Aktion gefunden zu haben.

„Wartet! Eine bessere Stelle werden wir kaum finden. Da ist ein Fels, dahinter sieht uns niemand."

Hinter dem Fels nahmen wir unsere Rucksäcke ab und ich fragte Sandra: „Fängst Du an oder soll ich anfangen? Ich muss nämlich schon ganz dringend."

„Dann fang Du an", sagte Sandra. „Ich halt es noch ein wenig aus. Ich habe heute Morgen auch nur eine Tasse Kaffee getrunken."

„Okay", sagte ich. „Christoph, wie hättest Du es denn gern?"

Christoph kam sofort zu mir und kniete sich vor mich auf den Boden. Dann schob er mein luftiges Kleid nach oben und sagte: „Spreiz Deine Beine noch ein wenig. Ich sage Dir, wenn Du anfangen kannst."

„Aber beeil Dich, ich kann es kaum noch aushalten."

Christoph nahm seine rechte Hand und fuhr mir damit über den von meinem Schweiß getränkten, feuchten Zwickel meines weißen Baumwollslips. Dann roch er an seiner Hand und näherte sich mit seiner Nase meinem Höschen. Wieder schnupperte er daran. Ich spürte seine Nase an meinen Schamlippen, konnte ich es nicht mehr halten und begann zu pinkeln. Christoph versuchte, einen Teil meines Wassers mit dem Mund aufzufangen. Plötzlich zog er mir den Slip runter, leckte an meinen sprudelnden Schamlippen und züngelte an meiner Knospe.

Als meine Blase leer war, sagte ich: „So haben wir aber nicht gewettet. Wir sollten doch nur unser Höschen nass machen."

„Entschuldige bitte, das war so geil", versuchte er sich rauszureden.

„Schon gut", sagte ich, zog den nassen Slip aus und den trockenen aus meinem Rucksack wieder an. „Komm Sandra, jetzt Du."

Christoph sah ziemlich nass aus, seine Haare, sein T-Shirt und seine Jeans waren klitschnass. Sandra stellte sich an die gleiche Stelle, wie ich und zog ihr Kleid nach oben. Um unsere Slips später auseinanderzuhalten, trug Sandra ein rosafarbenes Höschen, auf dem bereits ein großer nasser Fleck zu sehen war. Wieder kniete sich Christoph davor und diesmal gab er gleich das Kommando: „Mach, lass es laufen!" Auch ich war gespannt, wie es wohl bei Sandra aussehen würde.

Sogleich sprudelte es aus ihrer Mitte, als ob kein Höschen den Strahl behindern würde. Ihr Strahl war sehr hell und intensiv und Christoph benutzte ihn förmlich als Dusche. Er genoss jeden einzelnen Tropfen, mir wurde heiß und ich sehnte mich nach einem Schwanz. Als Sandras letzter Tropfen ihre Muschi verlassen hatte, zog sie ihren Slip aus und reichte ihn Christoph. Er war sehr glücklich über seine „fette Beute" und verstaute ihn zusammen mit meinem Slip in einer mitgebrachten Plastiktüte, die er anschließend fest verschloss. Auch Sandra zog sofort einen trockenen Slip an.

„Ja", sagte ich. „Das war alles oder hat noch jemand einen besonderen Wunsch?"

„Ich möchte noch ein paar Minuten meine Sachen in die Sonne legen, damit sie ein wenig antrocknen", sagte Christoph.

„Okay", meinte Sandra. „Kein Problem. Du kannst ja nicht mit den nassen Sachen durch den Ort laufen."

Christoph entledigte sich sämtlicher Sachen und stand splitternackt vor uns. Ich war verblüfft. Noch nie habe ich solch einen großen Schwanz gesehen. Mindestens zwanzig Zentimeter war er lang, und das im Ruhezustand. Mir wurde auf einmal anders und auch Sandra schien von diesem Riesenteil beeindruckt gewesen zu sein. Ich dachte mir, diese Chance darfst du dir nicht entgehen lassen und sagte zu Christoph: „Wenn Du uns schon solchen Appetit machst, dann musst Du uns auch eine Kostprobe davon geben."

Christoph verstand sofort und lächelte uns beide an.

„Dann müsst Ihr aber Eure Höschen wieder ausziehen."

„Nichts lieber, als das", meinte Sandra und schwupp hatten wir uns unserer Slips entledigt. Der Anblick unserer nackten Mösen hatte Christophs Schwanz umgehend zu einer harten Lanze aufgerichtet.

„Dann stellt Euch mal beide verkehrt herum an den Fels und stützt Euch gut mit den Händen ab!" forderte er uns auf. „Zieht aber vorher Eure Kleider aus. Ich will auch mal Eure Möpse sehen."

Im Nu hatten wir unsere Kleider ausgezogen und an den Felsen gestellt. Erwartungsvoll streckten wir Christoph unser Hinterteil entgegen und unsere lustfeuchten Mösen sehnten sich nach seinem großen harten Schaft. Der machte sich jedoch einen Spaß daraus, uns in dieser Stellung warten zu lassen und trieb uns somit fast in den Wahnsinn.

„Wenn Du nicht bald kommst und mich nimmst, zieh ich mich wieder an", drohte im Sandra genervt und ich ergänzte „Ich auch."

Endlich kam er und fest und hart drang er widerstandslos in mich ein. Sandra schaute uns zunächst zu, aber nach wenigen Stößen wechselte Christoph zu ihr. Immer abwechselnd drang er mit tiefen Stößen in unsere tropfenden Lustgrotten und hielt sich dabei mit beiden Händen an unseren schaukelnden Brüsten fest. Stets war er drauf bedacht, keine von uns beiden zu kurz kommen zu lassen und schon bald brachte er uns auf den Höhepunkt unserer Lust. Ich hörte, wie Sandra alles aus sich heraus schrie und hatte Angst, dass uns vorbeiziehende Wanderer hören könnten. Auch Christoph war soweit und verströmte sein Sperma in Sandras pulsierender Möse.

„Ich auch", schrie ich Christoph hilfesuchend an. „Ich will auch noch was haben."

Sofort zog Christoph seinen Schaft aus Sandras zuckendem Geschlecht, drang ein letztes Mal in meine weit geöffnete Spalte und, während ich intensiv meine Lustknospe massierte verströmte er seine letzten Tropfen in mir. Gleichzeitig brachte ich mir selbst einen unvergesslichen Orgasmus bei.

Nachdem wir uns noch ein paar Minuten in der Sonne ausruhten, gingen wir in ein Café, bestellten uns jeweils einen Kaiserschmarrn und hatten noch viel Spaß miteinander.

14. Lustvolle WebCam-Spiele

Nachdem alle meine Bekannten bereits eine WebCam besaßen, kaufte ich mir nun endlich auch eine. Eigentlich bräuchte ich ja keine, aber es war eben trendy. Wenig später entdeckte ich im Internet zufällig einen Artikel, dass es da bei „Sk…" so eine Art geheimen Namenscode geben würde. Und zwar alle Benutzernamen, die mit „xxx" beginnen, würden sich bereit erklären, über die Webcam sexuellen tabulosen Genüssen hinzugeben, und das weltweit. Das fand ich natürlich interessant, zumal ich ja ungebunden war, und wollte es gleich einmal testen.

Zunächst suchte ich in Deutschland und fand natürlich auch gleich eine Menge von derartigen Namen. Ich suchte mir einige aus, von denen ich davon ausging, dass sie weiblich waren. Ich war natürlich sehr aufgeregt und war gespannt, was sich nun ergeben würde. Bei dem ersten und zweiten Namen hatte ich keinen Erfolg, es meldete sich niemand. Aber bei dem dritten. Plötzlich sah ich auf meinem Bildschirm eine vollbusige, etwa vierzig Jahre alte Frau, die mit gespreizten Beinen vor dem Computer saß und sich mit der rechten Hand an ihrer Scham herum spielte. Sofort kam über den Chat die Frage: „Warum bist Du angezogen?"

Da hatte sie natürlich recht und ich entledigte mich umgehend meiner Sachen.

„Wie heißt Du?" fragte sie weiter. „Du bist ganz hübsch."

Die Frau war jedoch absolut nicht mein Typ und ich legte schnell wieder auf. Sofort probierte ich den nächsten Namen und hatte mehr Glück. Es war eine sehr junge, brünette Studentin. Sie musste eine gut auflösende WebCam gehabt haben, denn ich konnte sämtliche Körperteile deutlich erkennen. Sie fragte mich gleich: „Wer bist Du? Was kann ich für Dich tun?"

Ich antwortete: „Marvin. Ich kenne mich leider nicht so gut aus. Ich bin neu hier und weiß noch nicht, wie das alles so abläuft."

„Okay, Marvin", sagte sie. „Dann erklär ich's Dir kurz. Ich heiße Maja. Du kannst Dir was wünschen und ich sage Dir, was es kostet. Dann kannst Du mir zuschauen. Ich bin Studentin und brauche das Geld."

„Aber wie willst Du überprüfen, ob ich Dir nachher das Geld überweise?" fragte ich neugierig.

„Nicht nachher, vorher. Du richtest Deine WebCam auf den Bildschirm und ich kann Dir zuschauen, wie Du das Geld an mich überweist. Alles klar."

Ich staunte, was heutzutage schon alles möglich war.

„Alles klar."

„Und was wünschst Du Dir?" fragte sie, als ob sie in Eile wäre.

„Moment, lass mich kurz überlegen. Streichle Deine Brüste und mach es Dir dabei selbst. Ich möchte einen echten Orgasmus von Dir sehen."

Ohne lange zu überlegen, sagte sie kurz: „Macht dreißig Euro und dauert zirka zehn Minuten."

„Okay, sagte ich, dann werde ich jetzt mal das Geld überweisen."

Sie nannte mir ihren Namen und die Bankverbindung und ich überwies umgehend das Geld. Anschließend richtete ich die WebCam als Beweis auf den Bildschirm. Ich war bereits sehr erregt und voller Vorfreude und mein Schwanz war steif und spitz, wie ein Biberzahn. Dann fing sie endlich an. Sie rückte etwas ab vom Computer, sodass ich sie in voller Größe sehen konnte und stellte ihre Beine auf den Sessel. Zunächst zog sie die Spange aus dem Haar und ihre langen dunklen Haare fielen auf ihre Schultern.

„Du kannst mich ruhig dirigieren, wenn Du es etwas anders wünschst", meinte sie.

Nun begann sie mit beiden Händen ihre Brüste zu massieren und zu kneten. Mit den Zeigefingern fuhr sie dabei immer wieder über ihre spitz hervorstehenden Nippel. Langsam wanderte ihre rechte Hand nach unten und mit dem Mittelfinger fuhr sie sich langsam durch ihre blitzblanke Spalte. Schnell öffneten sich ihre Lustlippen und sie steckte den Finger vollständig in ihre feuchte Öffnung. Sekunden später nahm sie ihn wieder heraus und hielt ihn unmittelbar vor die Kamera und ich sah, dass er ganz nass von ihrem Saft war. Aus einer Schublade holte sie einen Vibrator und schaltete ihn an. Ich hörte deutlich das leise Brummen. Mit einer Hand hielt sie ihre Schamlippen auseinander und präsentierte mir lächelnd ihre Klitoris.

"Ich weiß, dass Du mich jetzt am liebsten mit Deiner Zunge verwöhnen würdest", versuchte sie mich zu provozieren.

Mit der Spitze des Vibrators stimulierte sie ihren Lustknopf. Dann nahm sie ihn kurz in dem Mund, um ihn gleitfähiger zu machen und führte sich ihn weit hinein in ihren willigen feuchten Lustkanal.

„Geh näher an die Kamera!" forderte ich sie auf und bearbeitete noch intensiver meinen steifen Schwanz. „Ich will alles genau sehen. Kannst du auch richtig abspritzen?"

„Manchmal klappt es", keuchte sie. „Ich weiß nicht, ob es heute klappt."

„Versuch es bitte!"

Immer schneller wurden ihre Bewegungen, ihr Gesicht lief rot an, sie schwitzte am ganzen Körper, der Schweiß brachte ihren Körper zum Glänzen. Die zehn Minuten waren längst um. Mit einem Ruck zog sie plötzlich den Vibrator aus ihrer Grotte und ich sah, wie ihr Lustsaft in hohem Bogen aus ihrer angeschwollenen Mitte heraus spritzte.

Zur gleichen Zeit bekam ich auch meinen Höhepunkt und mehrere Spritzer meines Spermas landeten auf meinem Teppich.

Dann nahm sie die WebCam, führte sie ganz nah an ihre Muschi und ich sah deutlich ihr nasses Geschlecht, das immer noch offen pulsierte. Nur wenige Sekunden offenbarte sie mir ihre erregte Weiblichkeit, dann verabschiedete sie sich mit den Worten: „Die Zeit ist leider schon um. Es war schön mit Dir. Vielleicht sehen wir uns ja mal wieder." Dann war sie weg und ich musste erst einmal meinen Teppich säubern.

Ein paar Tage später probierte ich es erneut. Diesmal ging ich viel gezielter vor. Ich suchte vorher lange Zeit im Internet und fand schließlich eine Seite, die viele Einzelheiten über den WebCam-Sex verriet. So gibt es einen regelrechten Code, wie man sich den gewünschten Partner nach Vorlieben auswählen kann. Die ersten drei Buchstaben sind dabei immer fest „xxx". Danach kommt „f" für weiblich, wie

„female" oder „m" für männlich. Der vierte und fünfte Buchstabe verrät die Vorlieben. So steht „bb" für Brüste, „sa" für Hängebrüste, „pg" für Pinkelspiele, „pn" für „puffy nipples", um beim Englischen zu bleiben, „bo" für „bondage" oder „hy", wie „hairy". Die Liste ließe sich noch beliebig fortsetzen und es gibt auch noch unzählige Kombinationen untereinander, wie behaart und große Brüste usw. Dies sollte auch nur ein winziger Ausschnitt sein.

Ich wollte nun unbedingt wissen, was sich hinter den Pinkelspielen verbirgt, weil ich schon viel darüber gelesen habe und deshalb sehr neugierig darauf war. Ich suchte mir einen Namen, der mit „xxxfhp…" begann, zu gut deutsch „behaart und Pinkelspiele".

An diesem Tag klappte es gleich auf Anhieb. Eine Frau, ganz ansehnlich, Anfang vierzig meldete sich. Die Kamera brachte sie ganz gut rüber, sie hatte schwarze Haare, volle Brüste und war nicht rasiert. Sie hockte nur mit schwarzen halterlosen Strümpfen auf einem großen Bett.

„Du möchtest mich pinkeln sehen?" fragte sie mich.

„Ja!" antwortete ich. „Und wie viel?"

„Was wie viel? Na mindestens einen Liter."

„Nein, ich meinte wie viel soll es kosten?"

„Bei mir kostet es nichts. Ich mache es, weil ich selbst Spaß daran habe. Hast Du nicht das Ausrufezeichen hinter meinem Namen gesehen?"

„Nein, das Symbol kenne ich noch nicht. Na prima. Wieder was gelernt", freute ich mich

„Du bist ein hübscher Junge. Mach es Dir selbst, wenn Du mir zuschaust."

„Na klar, deshalb habe ich mich ja bei Dir gemeldet."

„Okay, bist Du bereit? Ich muss nämlich mal ganz dringend. Möchtest Du, dass ich mich erst ein wenig streichle?"

„Ja, bitte, das wäre super. Wie heißt Du eigentlich?"

„Nina und Du?"

„Jörg."

Nina richtete die WebCam auf ihre behaarte Mitte, stellte beide Beine auf und spreizte weit ihre Schenkel. Dann nahm sie einen Vibrator und schaltete ihn ein. Mit ihrer linken Hand drückte sie ihre üppigen Schamhaare zur Seite, damit ihre großen Lustlippen besser zu sehen waren, und mit der anderen führte sie die Spitze des Vibrators an ihre Lustknospe.

Erwartungsvoll und neugierig saß ich nackt vor dem PC und begann mit meiner rechten Hand meinen großen steifen Schaft zu bearbeiten.

„Komm, steck ihn Dir in Deine Muschi!" forderte ich Nina auf. „Ich will sehen, wie er zwischen Deinen riesigen Schamlippen verschwindet."

„Gefallen Dir meine Schamlippen?" fragte mich Nina.

„Ja, sie sind so groß."

„Pass mal auf, was ich alles damit machen kann!"

Sie schaltete den Vibrator aus und legte ihn zur Seite. Mit beiden Händen zog sie ihre Schamlippen ganz lang, es müssen bald zehn Zentimeter gewesen sein, und machte einen richtigen Knoten hinein.

„Das kann nicht jede Frau", meinte Nina etwas stolz und öffnete den Knoten wieder. Sie nahm wieder den Vibrator, schaltete ihn ein und mit einer Hand zog sie ihre, vom Liebessaft durchnässsten, weit geöffneten Schamlippen auseinander. Noch nie vorher hatte ich solch eine große Vagina gesehen. Schließlich bin ich ja auch kein Gynäkologe. Mit der anderen Hand führte sie ganz langsam den Vibrator in ihr nasses Geschlecht.

Ich stöhnte und rief: „Ja, mach schon! Ich will Dich endlich spritzen sehen."

„Gleich", sagte Nina. „Du musst Dich noch ein wenig gedulden. Ich bin gleich soweit."

Sie stellte den Vibrator auf höchste Leistung und bewegte ihn immer schneller in ihrer lustgierigen Möse. Auch ich war kurz davor abzuspritzen, doch ich wollte nicht vor Nina kommen. Für einen Moment gönnte ich meinem Penis eine Ruhepause, rückte ganz nah an den Monitor und saugte gierig die Bilder von Nina in mich hinein. Auf einmal nahm sie den Vibrator aus ihrer Grotte und ich sah einen intensiven Strahl zwischen ihren klaffenden zuckenden Lippen auf ihr Bett spritzen. Sie stöhnte laut und sofort verschwand der Vibrator wieder in ihrer pulsierenden Mitte. Abwechseln stimulierte sie ihre Liebesknospe und dann wieder das Innere ihrer tropfnassen Vagina. Dazwischen schossen in hohem Bogen goldgelbe Spritzer auf ihr Bett und teilweise trafen sie sogar die Kamera.

Noch nie zuvor habe ich etwas Derartiges gesehen und ich war total begeistert und unheimlich erregt. Ich begann wieder, mein Glied zu bearbeiten und bereits nach wenigen Bewegungen kam auch ich. Diesmal verströmte ich mich in ein bereitgelegtes Taschentuch, um nicht wieder den Teppich zu beschmutzen.

Nachdem wir nach einer kleinen Erholungspause wieder zu uns gekommen waren, fragte mich Nina: „Na, hat es Dir gefallen?"

„Ja, es war super."

„Du kamst mir so vor, als ob Du so etwas noch nie gesehen hast. Habe ich recht?"

„Ja, Du hast recht. Findest Du das auch geil, wenn Du pinkelst?"

„Mehr als geil, himmlisch. Das kann man gar nicht beschreiben. Wenn ich merke, dass ich meinen Höhepunkt ansteuere und meine Muskeln sich verkrampfen, dann weiß ich, dass ich gleich explodieren werde. Nach wenigen Augenblicken kommt die Erlösung. Ich spüre wie mein Innerstes beginnt, zu pulsieren, wie sich meine Muskeln dadurch wieder entspannen. Mein ganzes Geschlecht ist auf einmal so empfindlich, wie eine Mimose. Dann lasse ich total los und lasse den Dingen ihren freien Lauf. Auch der Schließmuskel meiner Blase entkrampft und während mein Wasser mein kleines Pipi-Löchlein verlässt, reizt es mich da unten so sehr, dass mein Lustgefühl noch potenziert wird. Kannst Du das verstehen? Aber Du bist ja ein Mann. Männer können das nicht nachvollziehen. Die können sich nur daran aufgeilen."

„Ich werde mal drüber nachdenken", scherzte ich.

„So, Jörg", sagte Nina. „Ich muss mich jetzt verabschieden. Ich muss hier noch ein wenig Ordnung machen. In einer halben Stunde kommt mein Mann von der Arbeit. Da muss hier alles wieder trocken sein. Mach's gut. Vielleicht klappt es mal wieder."

„Ciao!"

So fing alles an. Den Kauf der Webcam habe ich jedenfalls bis heute nicht bereut.

15. Das Hippietreffen

Es war einer dieser trüben grauen Novemberabende, der uns auf die Idee brachte, wieder einmal die alten Fotos aus unserer Jugend anzuschauen und in Erinnerungen zu schwelgen. Es waren die Fotos aus den Achtzigern, Fotos aus der Studenten-WG, Kommune, wie wir sie damals in Anspielung an die wohl berühmteste Kommune aus den Sechzigern mit Uschi Obermeier und Walter Langhans nannten. Wir waren in jener Zeit eine dufte Truppe, waren total links, so wie es damals und vielleicht auch heute noch unter Studenten modern war oder ist und bildeten somit eine Art Gegenpol zu der damals aufkommenden Popper-Kultur. Genau wie in den Sechzigern, trugen wir Parka, gebatikte T-Shirts oder Kleider und natürlich lange Haare und hörten eher Pink Floyd und Led Zeppelin, als Talk Talk oder Depeche Mode. Wir waren natürlich für die „Freie Liebe", kifften auch schon mal und liebten unsere hemmungslosen Studentenorgien. Wir verkörperten auf unsere Art die Hippies der Achtziger. Dazu gehörte natürlich auch, sich nicht die Achselhaare oder die Schamgegend zu rasieren. Und während wir so in alten Zeiten schwelgten, kam Carla auf eine glorreiche Idee.

„Hey Dieter, Was hältst Du davon, im nächsten Jahr an der Ostsee ein Hippietreffen zu veranstalten?"

Ich war zunächst etwas von den Socken! Ein Hippietreffen! Wie sollte das denn funktionieren? Wir haben doch die meisten Adressen nicht mehr. Der überwiegende Teil unserer Kommune hat sich doch über ganz Deutschland, vielleicht sogar die ganze Welt verteilt. Und außerdem: Ob da überhaupt jemand kommen würde? Die haben doch alle Karriere gemacht, sind Doktoren, Banker oder sonst was und würden abstreiten, jemals dazu gehört zu haben. Ich hatte meine Bedenken.

Carla war da schon optimistischer.

„Na, warte mal ab. Lass es uns doch wenigstens mal versuchen. Wenn wir zu wenig zusammen bekommen, da lassen wir es eben sein."

„Meinetwegen", sagte ich. „Die Idee von Dir finde ich jedenfalls super."

Die kommenden beiden Wochen war Carla nur am rumtelefonieren. Ein paar der alten Kumpels fand sie über das Telefonbuch, einige von ihnen kannten die Adressen von wieder Anderen und den Rest erfuhr sie über das Einwohnermeldeamt. Nach zwei Wochen hatte sie immerhin die Adressen von 12 alten Kumpels aus der Kommune zusammen, die sie allesamt anschrieb und zu unserem geplanten Hippietreffen einlud. Die meisten von ihnen waren total begeistert von Carlas Idee und schon wenige Tage später hielten wir acht Zusagen in der Hand.

In den folgenden Monaten bis zum 30. August hatten wir nun genügend Zeit, das Treffen zu organisieren. Das größte Problem war zunächst einmal, eine passende Unterkunft für die 18 Personen zu finden. Sämtliche Häuser, deren Vermieter wir anriefen, waren längst gebucht und wir waren total deprimiert. Beinahe wollten wir schon alles hinschmeißen, als uns Mitte Februar ein Brief erreichte. Er war von Horst, einem Kumpel, den wir schon längst abgeschrieben hatten. Zunächst einmal entschuldigte er sich dafür, dass er sich nicht gemeldet hatte. Horst war für ein Vierteljahr in Afrika im Einsatz. Horst ist Arzt und leitet in Afrika ein großes Projekt. Seine Frau Susanne, hat den Brief nicht geöffnet, weil sie den Absender nicht wiedererkannte und so den Brief für nicht so wichtig hielt. Dann kam der Hammer. Horst bot uns an, wenn wir noch nichts hätten, das Treffen in seinem Haus, unmittelbar am Ostseestrand zu veranstalten. Platz wäre genug. Uns fiel natürlich ein großer Stein vom Herzen. Wir und unser Hippietreffen waren gerettet.

Der Countdown konnte also beginnen. Ich ging bis August nicht mehr zum Friseur, Carla rasierte sich die Schamgegend und unter den Armen nicht mehr, was bei ihren schwarzen vollen Haaren natürlich sofort ins Auge stach. Ihre Freundinnen fragten sie schon scherzhaft, ob ihr Rasierer kaputt wäre und boten ihren an. Doch Carla ließ sich nicht aus der Ruhe bringen und reagierte gewohnt schlagfertig. Sie meinte, es wäre jetzt total in, sich nicht zu rasieren. Die Freundinnen glaubten ihr und wenig später entdeckte sie bei ihnen auch die ersten Härchen unter den Achseln sprießen. Da konnte man sich leicht ausmalen, dass es an anderer Stelle ähnlich zuging.

Dann war es endlich soweit. Der langersehnte 30. August war da. Am frühen Morgen starteten wir gen Ostsee. Der Wetterbericht versprach einen heißen Spätsommertag. Schon kurz nach Mittag kamen wir bei Horst und Susanne an. Sie können sich gar nicht vorstellen, was das für eine herzliche Begrüßung war. Wir konnten es kaum fassen, dass wir uns fast alle noch einmal wiedersehen würden. Leider sind nach dem Studium die Kontakte zwischen uns peu á peu abgebrochen und für jeden von uns begann mehr oder weniger der Ernst des Lebens.

Horst hatte sich kaum verändert und auch er hatte sich die wenigen Haare, die er noch hatte, etwas länger wachsen lassen. Seine Frau Susanne war immer noch sehr attraktiv. Sie galt in den achtziger Jahre als die hübscheste Frau in der Kommune und alle Männer waren scharf auf sie. Wie es damals bei uns so war, jeder von uns Männer hat zwar mit ihr rumgemacht, aber letzten Endes hat sie Horst geheiratet.

Ich möchte an dieser Stelle noch ergänzen, dass fast alle Pärchen aus der Kommune-Zeit noch heute zusammen sind. Mit einer Ausnahme, Peters Frau ist leider verstorben. Er hat aber drei Jahre nach ihrem Tod wieder geheiratet.

Nach und nach kamen dann auch die anderen Pärchen an und auch bei ihnen war die Wiedersehensfreude riesengroß. Ich fand toll, dass sich alle irgendetwas einfallen ließen, das an die alte Zeit erinnerte. Einige trugen sogar wallende Batikgewänder oder Jesuslatschen. Allesamt trugen sie längere Haare und vor allem die Frauen frisierten sich im Sechziger-Look. Manche trugen sogar Blumen im Haar. Ein jeder versuchte sich hippiemäßig zu kleiden und so sah es auf Horsts Terrasse bald so aus, als ob wir statt einem Hippietreffen eine Faschingsveranstaltung hätten. Aber so war es damals tatsächlich, das war normal. Heute muten solche Klamotten wie Verkleidungen und die Haare grotesk und abgedreht an.

Da wir uns im Prinzip alle von früher her kannten, brauchten wir auch nicht lange, um miteinander warm zu werden. Nach kurzer Zeit fühlten wir uns wieder, wie in den

Achtzigern. Horst hatte auf der Terrasse eine Musikanlage aufgebaut und aus den Boxen drangen psychedelische Klänge, wie „Interstellar Overdrive" von Pink Floyd an unsere Ohren.

Zum Abendessen hatten wir einen Partyservice organisiert, der Punkt sieben Uhr erschien und ein leckeres kaltes Buffet aufbaute. Wir langten ordentlich zu, um für die vielfältigen alkoholischen Getränke die notwendigen Grundlagen zu schaffen.

Nach dem Abendbrot, es dämmerte bereits, war die Stimmung schon ganz schön angeheizt und Susanne schlug vor, zum besseren Kennenlernen erst einmal ein erfrischendes Bad in den Wellen der Ostsee zu nehmen, natürlich ohne Klamotten. Das ließen wir uns nicht zweimal sagen. Applaudierend sprangen alle auf, zogen sich nackt aus, als ob es die fünfundzwanzig Jahre dazwischen nie gegeben hätte, und rannten kreischend zum Strand.

Das war für mich vielleicht ein erregender Anblick. Zehn nackte Frauen auf einen Schlag. Und, soll ich es ihnen verraten, alle Frauen waren unten herum und unter den Achseln nicht rasiert. Als ob wir es abgesprochen hätten. Prima! Auf die Kumpels kann man sich eben immer noch verlassen. Ich war gespannt, wie es wohl weitergehen würde.

Nachdem alle wieder aus dem Wasser waren, schlug Christian vor, uns gar nicht erst anzuziehen, sondern in Anbetracht der Schwüle des Abends eine FKK-Party draus zu machen. Genau so, wie wir es früher öfter getan haben. Zum meinem Erstaunen wurde dieser Vorschlag einstimmig und diskussionslos angenommen. Inzwischen war es dunkel und die Terrasse wurde nur durch Kerzen und eine bunte

Lichterkette etwas erhellt. Von nun an sah ich Carla den ganzen Abend nicht mehr.

Horst hatte auf der Wiese seines Grundstückes an mehreren Stellen Decken und Liegen verteilt, als ob er es bereits ahnte, wie sich dieser Abend entwickeln würde. Als ich mir am kalten Buffet noch eine Kleinigkeit zu Essen holen wollte, umarmte mich plötzlich jemand von hinten und ich spürte zwei nackte weiche Brüste an meinem Rücken. Es war Susanne, die mich fragte: „Na Dieter, langweilst Du Dich etwa?"

„Jetzt nicht mehr", antwortete ich ihr schlagfertig und gab ihr einen Kuss.

„Du bist immer noch sehr attraktiv", schmeichelte sie mir. „Und ich, findest Du, dass ich mich gut gehalten habe?"

Susanne drehte sich langsam im Kreis und ich schaute sie mir von oben bis unten an. Betrachtete ihre steil aufgerichteten Brustwarzen und ihre schön geschwungenen Hüften.

„Ich finde, Du bist noch viel attraktiver, als damals", schleimte ich mich bei ihr ein, obwohl ich damit nicht gelogen hatte. Denn ihre vollen Brüste waren trotz ihres Alters immer noch wohlgeformt, sehr aufreizend und verführerisch. Am liebsten hätte ich sie gleich in beide Hände genommen, doch ich wollte nicht so voreilig sein.

„Toll, dass Du Dir Deine Schamhaare hast wachsen lassen. Die haben mich damals schon so angemacht, wie sie immer so frech aus Deinem Bikinihöschen lugten und Du Dir nichts draus gemacht hast."

„Ich habe sie mir nie abrasiert. Ich wollte immer schon anders sein, als andere Frauen."

„Im Ernst?" Susannes Antwort überraschte mich. „Auch die Achselhaare nicht?"

„Auch die nicht", antworte sie, hob ihren rechten Arm und zeigte mir stolz ihre schwarzen Härchen. Dann nahm sie mich bei der Hand und führte mich an eine leere Decke. Susanne legte sich auf den Rücken und sagte: „Komm, streichle mich, verführ mich, genauso wie früher. Du warst immer der zärtlichste Mann aus der ganzen Truppe. Jetzt kann ich es Dir ja sagen. Schade, dass es mit uns nicht geklappt hat."

„Horst war eben schneller", sagte ich und begann Susanne zu streicheln. Ich begann an ihrem Hals und wanderte dann weiter zu ihren Brüsten. Ich küsste ihre dunkelroten Brustwarzen und saugte an ihren Spitzen Knospen. Sie schmeckten salzig. War es Meersalz oder das Salz ihres Schweißes? Mit geschlossenen Augen und halb geöffnetem Mund genoss sie meine Liebkosungen und öffnete für mich leicht ihre Schenkel. Aus den Boxen ertönte „San Francisco" von Scott McKenzie. Während ich Susanne auf den Mund küsste, erkundete meine Hand ihr behaartes Lustzentrum. Ich spürte die ungeheure Feuchtigkeit, die sich unter meinen sanften Streicheleien bemerkbar machte. Meine Hand schloss sich um ihr Geschlecht und ich fühlte ihre Schamlippen prall und dick werden. Meine Finger begannen sie zu stimulieren. Ihr Atem beschleunigte sich und die Säfte flossen aus ihrer nassen Lust. Sie legte ihren Arm hinter den Kopf und ich schleckte ihr den Schweiß aus den behaarten Achselhöhlen.

„Komm, leck' mich! Weißt Du noch? Früher hast Du mich immer gefragt: Soll ich Dir die ‚flinke Zunge' machen?" fragte mich Susanne.

„Daran kannst Du Dich noch erinnern?" wunderte ich mich.

„Und ob. Zeig mir, dass Du es nicht verlernt hast!"

Sie spreizte weit ihre Schenkel und ich kniete mich zwischen ihre Beine. Mit einer Hand hielt ich ihre Schamlippen auseinander, meine Zunge drängte sich in das zarte Rosa ihrer Vagina und erforschte ihr Innerstes. Ich kostete vom süßen Nektar ihrer Lust, der in heißen Strömen aus ihr heraus schoss. Immer wieder züngelte ich über ihren Lustpunkt und badete mein Gesicht in ihrer lüsternen Muschi.

„Hör bitte auf", flehte Susanne mich plötzlich an. „Ich halt es nicht mehr aus. Leg Dich hin, jetzt bist Du dran."

Nun legte ich mich auf den Rücken und Susanne kauerte sich über mich. Ich sah, wie ihre Liebessäfte aus ihre Mitte tropften. Ihre prallen Lippen waren weit geöffnet und bereit, mein erigiertes Glied aufzunehmen. Langsam senkte sie sich und mein Penis glitt widerstandslos in die tiefe Feuchte ihres Schoßes. Dann hob und senkte sie sich in lüsternem Verlangen, während ihre vollen Brüste schwer und träge in meinen Händen schaukelten. Ich spürte, wie ich auf den Höhepunkt zusteuerte. Susannes ekstatische Bewegungen wurden schneller. Ich konnte nicht mehr und in mehreren Schüben schoss es aus meinem pochenden Glied heraus. Zur gleichen Zeit spürte ich, wie Susannes pulsierende Möse den letzten Tropfen aus mir herausholte. Eine gigantische Lustwelle brach über uns zusammen. Völlig erschöpf senkte sich Susanne auf mich und wir blieben noch einige Minuten eng umschlungen auf der Decke liegen.

Nach einem erfrischenden Bad in der Ostsee. Gingen wir wieder auf die Terrasse um uns mit einigen Häppchen zu stärken. Dort trafen wir auch andere, wild zusammenge-würfelte und feuchtfröhliche Pärchen wieder. Auch Carla sah ich seit dem Abendessen zum ersten Mal wieder. Sie stand mit Lothar am Buffet. Ich wollte sie nicht weiter stö-ren und winkte ihr nur kurz zu.

„Ich werde mal schauen, was die Anderen so machen" verabschiedete sich Susanne zunächst einmal und im glei-chen Augenblick sprach mich Margot an.

„Hallo Dieter, trifft man sich auch mal. Wir haben Dich schon den ganzen Abend gesucht."

Wir, das waren Margot und Bettina, zwei inzwischen et-was vollschlanke, aber immer noch attraktive Blondinen.

„Komm, lass uns ein wenig von alten Zeiten reden!" schlugen beide vor und wir setzten uns an einen Tisch. Ob-wohl ich an diesem Abend bereits eine Menge alkoholische Getränke intus hatte, brachte eine von beiden immer wie-der einen neuen Drink angeschleppt. Einmal war es Wodka, dann Whiskey oder Korn. Mehr und mehr verlor ich die Übersicht und als ich morgens wieder aufwachte, lag ich inmitten von Margot und Bettina auf der Decke, ein Arm auf Bettinas Brust und der andere Arm zwischen Margots Beinen. Ich konnte mich absolut nicht mehr erinnern, was da in der Nacht abgegangen war.

Gegen acht Uhr, die Sonne brannte bereits schon wieder heiß, kamen alle mit einem dicken Brummschädel wieder so langsam zu sich und sprangen als erstes ins Meer. Eine

Stunde später waren wir, wieder in Klamotten, beim Früh-
stück versammelt und konstatierten, dass das Treffen ein
voller Erfolg war und dass wir es in zwei Jahren wiederholen möchten. Ich bin mal gespannt, ob da wirklich was
draus wird. Das nächste Mal wollen wir es im Gebirge machen. Auf jeden Fall an einem Badesee.